FREMDSPRACHENTEXTE · ITALIENISCH

Niccolò Ammaniti

Io e te

Herausgegeben von
Dorothea Zeisel

Philipp Reclam jun. Stuttgart

Diese Ausgabe darf nur in der Bundesrepublik Deutschland, in Österreich und in der Schweiz vertrieben werden.

Vendita autorizzata unicamente in Germania, Austria e Svizzera.

RECLAMS UNIVERSAL-BIBLIOTHEK Nr. 19844

Gesamtherstellung: Reclam, Ditzingen. Printed in Germany 2012
RECLAM, UNIVERSAL-BIBLIOTHEK und RECLAMS UNIVERSAL-BIBLIOTHEK sind eingetragene Marken der Philipp Reclam jun. GmbH & Co. KG, Stuttgart
ISBN 978-3-15-019844-5

www.reclam.de

E questo è per mia madre e mio padre

Nella vera notte buia dell'anima, sono sempre le tre del mattino.

Francis Scott Fitzgerald, *L'età del jazz*

But can you save me?
Come on and save me
If you could save me
From the ranks of the freaks
Who suspect they could never love anyone.

Aimée Mann, *Save Me*

Il mimetismo batesiano si verifica quando una specie animale innocua sfrutta la sua somiglianza con una specie tossica o velenosa che vive nello stesso territorio, arrivando a imitarne colorazione e comportamenti. In questo modo, nella mente dei predatori, la specie imitatrice viene associata a quella pericolosa aumentandone le possibilità di sopravvivenza.

1 **il mimetismo:** (von [ingl.] *to mimic* ›nachahmen‹) Mimese, Mimikry (Selbstschutz einer Tierart durch Angleichung in Gestalt, Verhalten oder Färbung an eine wehrhaftere Spezies; *mimetico/a:* Anpassungs…, Tarn…).
batesiano/a: Batessche…, nach dem englischen Naturforscher und Evolutionsbiologen Henry Walter Bates (1825–92).
la specie: (Tier-)Art, Spezies.
2 **innọcuo/a:** ungefährlich.
5 **il predatore:** Raubtier, -vogel.

Cividale del Friuli
12 gennaio 2010

1 **Cividale del Friuli:** Kleinstadt im Friaul.

– Caffè?

Una cameriera mi scruta da sopra la montatura degli occhiali. In mano ha un thermos argentato.

Le porgo la tazza. – Grazie.

Me la riempie fino al bordo. – È venuto per la fiera?

Faccio segno di no con la testa. – Che fiera?

– La fiera dei cavalli.

Mi guarda. Si aspetta che le dica per quale ragione mi trovo a Cividale del Friuli. Alla fine tira fuori un blocchetto. – Che stanza ha?

Le mostro la chiave. – Centodiciannove.

Si segna il numero. – Se vuole altro caffè lo può prendere da solo al buffet.

– Grazie.

– Dovere.

Appena si allontana tiro fuori dal portafogli un biglietto piegato in quattro. Lo stendo sul tavolo.

Lo ha scritto mia sorella Olivia dieci anni fa, il ventiquattro febbraio duemila.

Io avevo quattordici anni e lei ventitre.

2 **scrutare:** mustern.
la montatura: Gestell.
3 **il thermos:** Thermoskanne.
6 **la fiera:** (Handels-)Messe.
16 **(a) dovere:** hier: zu Diensten, nichts zu danken.
17 **il portafogli:** *il portafoglio*.

Roma
Dieci anni prima

1

La sera del diciotto febbraio duemila sono andato a letto presto e mi sono addormentato subito, ma durante la notte mi sono svegliato e non sono più riuscito a riprendere sonno.

Alle sei e dieci, con il piumone tirato fino al mento, respiravo a bocca aperta.

La casa era silenziosa. Gli unici rumori che si sentivano erano la pioggia che batteva contro la finestra, mia madre che camminava al piano di sopra tra la stanza da letto e il bagno e l'aria che entrava e usciva dalla mia trachea.

Tra poco sarebbe venuta a svegliarmi per portarmi all'appuntamento con gli altri.

Ho acceso la lampada a forma di grillo poggiata sul comodino. La luce verde ha dipinto uno spicchio di stanza dov'erano poggiati lo zaino gonfio di vestiti, il giaccone, la sacca con gli scarponi e gli sci.

Tra i tredici e i quattordici anni ero cresciuto di

6 **il piumone:** Bettdecke, Federbett.
12 **la trachea:** Luftröhre.
15 **poggiare:** (ab)stellen.
16 f. **lo spicchio:** Teil, Abschnitt.
17 **lo zaino:** Rucksack.
19 f. **di botto:** schlagartig.

botto, come se mi avessero dato il concime, ed ero diventato più alto dei miei coetanei. Mia madre diceva che due cavalli da tiro mi avevano stirato. Passavo un sacco di tempo allo specchio a osservarmi la pelle bianca macchiata di lentiggini, i peli sulle gambe. Sulla testa mi cresceva un cespuglio castano da cui spuntavano le orecchie. I lineamenti del viso erano stati rimodellati dalla pubertà e un naso imponente mi divideva gli occhi verdi.

Mi sono alzato e ho infilato la mano nella tasca dello zaino poggiato accanto alla porta.

– Il coltellino c'è. La lampada pure. C'è tutto, – ho detto a bassa voce.

I passi di mia madre in corridoio. Doveva avere le scarpe blu con i tacchi alti.

Mi sono tuffato nel letto, ho spento la luce e ho fatto finta di dormire.

– Lorenzo svegliati. È tardi.

Ho sollevato la testa dal cuscino e mi sono stropicciato gli occhi.

Mia madre ha tirato su la serranda. – Che gior-

1 **il concime:** Dünger.
5 **le lentiggini:** Sommersprossen.
6 f. **il cespuglio:** Gesträuch; hier (fig.): wirre Mähne.
7 **spuntare:** auftauchen, hervorkommen.
9 **imponente** (agg.): beeindruckend, mächtig.
18 **fare finta:** so tun als ob.
20 f. **stropicciare:** reiben.
22 **la serranda:** Rollladen.

nata schifosa … Speriamo che a Cortina sia meglio.

La luce tetra dell'alba le disegnava la sagoma sottile. Si era messa la gonna e la giacca grigia che usava quando faceva le cose importanti. Il golf girocollo. Le perle. E le scarpe blu con i tacchi alti.

– Buongiorno, – ho sbadigliato, come se mi fossi appena svegliato.

Si è seduta sul bordo del letto. – Amore, hai dormito bene?

– Sì.

– Vado a prepararti la colazione … Tu intanto lavati.

– Nihal?

Mi ha pettinato i capelli con le dita. – Dorme, a quest'ora. Ti ha dato le magliette stirate?

Ho fatto di sì con la testa.

– Alzati, su.

Avrei voluto farlo, ma un peso sul petto mi soffocava.

– Che c'è?

Le ho preso la mano. – Mi vuoi bene?

1 **Cortina:** Cortina d'Ampezzo, Skiort in den italienischen Dolomiten.
3 **tetro/a:** düster, fahl.
la sagoma: Silhouette, Umriss.
5 **il golf:** Pullover.
5f. **(a) girocollo:** mit rundem Ausschnitt.
7 **sbadigliare:** gähnen.

Lei ha sorriso. – Certo che te ne voglio –. Si è messa in piedi, si è guardata nello specchio accanto alla porta e si è lisciata la gonna. – Alzati, dài. Pure oggi ti devi far pregare per uscire dal letto?

– Un bacio.

Si è piegata su di me. – Guarda che non parti militare, vai in settimana bianca.

L'ho abbracciata e ho infilato la faccia tra i capelli biondi che le cadevano sul viso e ho poggiato il naso sul collo.

Aveva un buon odore. Mi faceva pensare al Marocco. A certi vicoli stretti stretti pieni di bancarelle con sopra polveri colorate. Ma io non ero mai stato in Marocco.

– Che profumo è questo?

– Il sapone al sandalo. Il solito.

– Me lo puoi prestare?

Lei ha sollevato un sopracciglio. – Perché?

– Così mi ci lavo e ti ho addosso.

Lei mi ha tirato via le coperte. – Ma che è questa novità che ti lavi? Su, non fare lo scemo, non avrai nemmeno il tempo di pensarmi.

3 **lisciare:** glattstreichen.
pure: auch, sogar.
6f. **partire militare:** Wehrdienst leisten (*il militare:* Soldat).
7 **la settimana bianca:** Ski-, Winterferien.
12f. **la bancarella:** Verkaufsstand.
16 **il sandalo:** Sandelholz.
21 **fare lo scemo** (fam.): herumalbern, albern sein (*lo scemo / la scema:* Dummkopf).

Osservavo dal finestrino della Bmw il muro dello zoo ricoperto di manifesti elettorali bagnati. Più in alto, dentro la voliera dei rapaci, un avvoltoio se ne stava su un ramo secco. Sembrava una vecchia vestita a lutto che dormiva sotto la pioggia.

Il riscaldamento della macchina mi toglieva l'aria e i biscotti si erano fermati in fondo alla gola.

La pioggia stava finendo. Una coppia, lui grasso e lei magra, faceva ginnastica sulle scale coperte di foglie fradicie del museo d'arte moderna.

Ho guardato mia madre.

– Che c'è? – ha detto senza togliere gli occhi dalla strada.

Ho gonfiato il torace cercando di imitare la voce bassa di mio padre: – Arianna dovresti lavarla questa macchina. È un porcile a quattro ruote.

Lei non ha riso. – Hai salutato tuo padre?

– Sì.

– Che ti ha detto?

– Di non fare stronzate e di non sciare come un pazzo –. Ho fatto una pausa. – E che non ti devo chiamare ogni cinque minuti.

3 **la voliera:** Gehege, Voliere.
il rapace: Raubvogel.
l'avvoltoio: Geier.
10 **fradicio/a:** klatschnass.
14 **il torace:** Oberkörper, Thorax.
16 **il porcile:** Schweinestall.
20 **la stronzata** (fam.): Dummheit, (volg.) Scheiße.

– Ha detto così?

– Sì.

Ha cambiato marcia e ha svoltato sulla Flaminia. La città cominciava a popolarsi di macchine. – Chiamami quando vuoi. Hai preso tutto? La musica? Il cellulare?

– Sì.

Il cielo grigio pesava sopra i tetti e tra le antenne.

– La borsa con le medicine l'hai presa? Ci hai messo dentro il termometro?

– Sì.

Un ragazzo su un vespone rideva con il telefonino infilato sotto il casco.

– I soldi?

– Sì.

Abbiamo attraversato il ponte sul Tevere.

– Il resto mi pare che lo abbiamo controllato insieme ieri sera. Hai tutto.

– Sì, ho tutto.

Eravamo fermi al semaforo. Una donna in Cinquecento guardava dritta davanti a sé. Sul marciapiede un vecchio si trascinava dietro due labrador. Un gabbiano era appollaiato sullo scheletro di un

6 **il cellulare:** Mobiltelefon.
12 **il vespone** (accr.): (leistungs)starke Vespa.
16 **il Tẹvere:** Tiber.
20f. **la Cinquecento:** FIAT 500.
23 **il gabbiano:** Möwe.
ẹssere appollaiato/a: (zusammengekauert) hocken.
lo schẹletro: Skelett.

albero ricoperto di buste di plastica che spuntava dall'acqua color fango.

Se fosse venuto Dio e mi avesse chiesto se volevo essere quel gabbiano, avrei risposto di sì.

Mi sono tolto la cintura di sicurezza. – Lasciami qua.

Mi ha guardato come se non avesse capito. – Come qua?

– Sì. Qua.

Il semaforo è diventato verde.

– Ti fermi, per favore.

Ma ha continuato a guidare. Fortuna c'era un camion della spazzatura che ci rallentava.

– Mamma! Ti fermi.

– Rimettiti la cintura.

– Ti prego fermati.

– Ma perché?

– Voglio arrivarci da solo all'appuntamento.

– Non capisco …

Ho alzato la voce. – Fermati, per favore.

Mia madre ha accostato, ha spento la macchina e si è tirata indietro i capelli con la mano. – Adesso che succede? Lorenzo, ti prego, non cominciamo … Lo sai che a quest'ora non connetto.

2 **il fango:** Schlamm.
11 **ti fermi:** *fermati.*
12 **fortuna:** hier: *per fortuna.*
13 **la spazzatura:** Müll, Abfall.
21 **accostare:** am Straßenrand anhalten.
24 **connẹttere:** klar denken.

– È che … – Ho stretto i pugni. – Tutti gli altri vanno da soli. Io non posso presentarmi con te. Faccio una figuraccia.

– Fammi capire … – Si è stropicciata gli occhi. – Quindi ti dovrei lasciare qui?

– Sì.

– E non ringrazio neanche i genitori di Alessia?

Ho sollevato le spalle. – Non c'è bisogno. Glielo dico io.

– Non se ne parla proprio –. E ha girato la chiave.

Mi sono gettato su di lei. – No … No … Per favore.

Lei mi ha spinto indietro. – Per favore, cosa?

– Fammi andare da solo. Non posso arrivare là con la mamma. Mi prenderanno in giro.

– Ma che stupidaggine … Voglio sapere se va tutto bene, se devo fare qualcosa. Mi sembra il minimo. Non sono una cafona come te.

– Io non sono cafone. Io sono come tutti gli altri.

Ha messo la freccia. – No. Non esiste.

Non avevo calcolato che mia madre ci tenesse tanto ad accompagnarmi.

La rabbia cominciava a salire. Ho preso a battere i pugni sulle gambe.

3 **fare una figuraccia:** einen schlechten Eindruck machen, sich blamieren.
18 **il cafone / la cafona:** ungehobelter Mensch, Proll.
20 **la freccia:** (Auto) Blinker.
non esiste: (das) kommt nicht in Frage.
23 **prẹndere a fare qc:** etwas zu tun beginnen.

– Ora che fai?

– Niente –. Ho stretto la maniglia della portiera fino a farmi diventare le nocche bianche. Avrei potuto strappare lo specchietto retrovisore e romperci il vetro del finestrino.

– Perché devi fare il ragazzino?

– Sei tu che mi tratti come un … coglione.

Mi ha fulminato. – Non dire parolacce. Lo sai che non lo sopporto. E non c'è bisogno di fare queste scene.

Ho dato un pugno al cruscotto. – Mamma, voglio andare da solo, porca miseria –. La rabbia mi premeva contro la gola. – Va bene. Non ci vado. Così sei contenta.

– Guarda che mi sto arrabbiando sul serio, Lorenzo.

Avevo un'ultima carta. – Tutti hanno detto che andavano da soli all'appuntamento. Io invece sono

2 **la maniglia:** Griff.
la portiera: Autotür.
3 **la nocca:** (Finger-)Knöchel.
4 **strappare:** herausreißen.
lo specchietto retrovisore: (Auto) Rückspiegel.
4f. **rọmperci:** *rọmpere con esso.*
7 **il coglione** (volg.): Idiot, Arschloch.
8 **fulminare:** wütend anblicken.
la parolaccia (spreg.): Schimpfwort.
11 **il cruscotto:** Armaturenbrett.
12 **porca miseria** (fam.): verdammt nochmal, (volg.) verdammter Scheiß.

sempre quello che arriva con la mammina. È per questo che ho i problemi …

– Adesso non mi far passare per quella che ti fa venire i problemi.

– Papà ha detto che devo essere indipendente. Che devo avere la vita mia. Che mi devo staccare da te.

Mia madre ha socchiuso gli occhi e ha stretto le labbra sottili come per impedirsi di parlare. Si è girata e ha fissato le macchine che passavano.

– È la prima volta che mi invitano … che penseranno di me? – ho continuato io.

Si è guardata intorno come se sperasse che qualcuno le dicesse cosa fare.

Le ho stretto la mano. – Mamma stai tranquilla …

Ha scosso la testa. – No. Non sto tranquilla per niente.

Con il braccio intorno agli sci, la sacca degli scarponi nella mano e lo zaino sulle spalle ho visto mia madre che faceva inversione. L'ho salutata e ho aspettato fino a quando la Bmw è scomparsa sul ponte.

Mi sono avviato per viale Mazzini. Ho superato

6f. **staccarsi da qu:** sich von jdm. lösen.
8 **socchiudere:** halb schließen.
19 **lo scarpone:** Skischuh.
21 **fare inversione** f.: (mit dem Auto) wenden.
22 **scomparire:** verschwinden.
23 **superare qc:** überholen; hier: an etwas vorbeikommen.

il palazzo della Rai. A un centinaio di metri da via Col di Lana ho rallentato, mentre il cuore accelerava. Avevo la bocca amara come se avessi leccato un filo di rame. Tutta quella roba addosso mi impacciava. E nel piumino stavo facendo la sauna.

Quando sono arrivato all'incrocio, ho sporto la testa oltre l'angolo.

In fondo, davanti a una chiesa moderna, c'era un grosso Suv Mercedes. Ho visto Alessia Roncato, sua madre, il Sumero, Oscar Tommasi che stavano infilando le valigie nel bagagliaio. Una Volvo con un paio di sci sul tetto si è affiancata al Suv e ne è uscito Riccardo Dobosz, che è corso dagli altri. Poco dopo è uscito anche il padre di Dobosz.

Mi sono tirato indietro, contro il muro. Ho poggiato gli sci, ho aperto il piumino e mi sono affacciato di nuovo.

Ora la madre di Alessia e il padre di Dobosz sta-

1 **la rai (RAI):** italienisches Staatsfernsehen (Radio Audizioni Italiane / Radiotelevisione italiana).
3 **leccare:** (ab)lecken.
4 **il rame:** Kupfer.
4f. **impacciare:** behindern.
5 **il piumino:** Daunenjacke.
6 **l'incrocio:** Kreuzung.
spọrgere: vorstrecken.
9 **il Suv (SUV):** Geländewagen ([ingl.] *sport utility vehicle*).
11 **infilare:** hier: hineinstellen, verstauen.
il bagagliaio: Kofferraum.
12 **affiancarsi:** sich danebenstellen.
16f. **affacciarsi:** heraus-, hervorschauen.

vano fissando gli sci sul tetto della Mercedes. Il Sumero saltellava e faceva finta di dare i pugni a Dobosz. Alessia e Oscar Tommasi parlavano al cellulare.

Ci hanno messo un sacco a prepararsi, la madre di Alessia si arrabbiava con la figlia che non l'aiutava, il Sumero è salito sul tetto della macchina a controllare gli sci.

E alla fine sono partiti.

Durante il tragitto in tram mi sentivo un idiota. Con gli sci e gli scarponi, schiacciato tra impiegati in giacca e cravatta, mamme e ragazzini che andavano a scuola.

Se chiudevo gli occhi mi sembrava di essere in funivia. Tra Alessia, Oscar Tommasi, Dobosz e il Sumero. Potevo sentire l'odore del burro di cacao, delle creme abbronzanti. Saremmo scesi dalla cabina spingendoci e ridendo, parlando forte e fregandocene di tutta l'altra gente, come quelli che mia

1 **fissare:** hier: festmachen.
2 **saltellare:** (auf und ab) hüpfen.
5 **un sacco** (fam.): viel.
10 **il tragitto:** Fahrt.
11 **schiacciare:** zerquetschen; hier: einquetschen.
15 **la funivia:** Seilbahn.
16 **il burro di cacao:** Kakaobutter.
17 **la crema abbronzante:** Bräunungs-, Sonnencreme.
18f. **fregarsi di qc/qu** (fam.): sich nicht um etwas, jdn. scheren, kümmern.

madre e mio padre chiamavano i cafoni. Avrei potuto dire cose divertenti e farli ridere mentre si mettevano gli sci. Fare imitazioni, battute. A me non venivano mai battute divertenti in pubblico. Bisogna essere molto sicuri di sé per fare le battute in pubblico.

– Senza umorismo la vita è triste, – ho detto.

– Parole sante, – ha risposto una signora accanto a me.

Questa cosa dell'umorismo l'aveva detta mio padre dopo che mio cugino Vittorio mi aveva lanciato addosso una merda di vacca durante una passeggiata in campagna. Dalla rabbia avevo preso un pietrone e l'avevo scagliato contro un albero, mentre quel ritardato si rotolava a terra dalle risate. Avevano riso pure mio padre e mia madre.

Mi sono caricato gli sci sulle spalle e sono sceso dal tram.

Ho guardato l'orologio. Le sette e cinquanta.

Troppo presto per tornare a casa. Sicuro trovavo papà che usciva per andare al lavoro.

3 **la battuta:** Scherz, Witz.
4 **venire:** hier (fig.): einfallen.
12 **la merda di vacca:** Kuhfladen (*la merda* [volg.]: Scheiße).
14 **il pietrone** (accr.): großer Stein.
scagliare: schleudern.
15 **ritardato/a:** zurückgeblieben (hier substantivisch gebraucht).
rotolarsi: sich wälzen (*il rotolo:* Rolle).
20 **sicuro** (avv.): *di sicuro*.

Mi sono diretto verso Villa Borghese, alla valle accanto allo zoo dove i cani possono correre liberi. Mi sono seduto su una panchina, ho tirato fuori dallo zaino una bottiglietta di Coca-Cola e ne ho bevuto un sorso.

Il cellulare ha cominciato a suonare nella tasca.

Ho aspettato un attimo prima di rispondere. – Mamma …

– Tutto bene?

– Sì.

– Siete partiti?

– Sì.

– C'è traffico?

Un dalmata mi è schizzato davanti. – Un po' …

– Mi passi la mamma di Alessia?

Ho abbassato la voce. – Non può. Sta guidando.

– Allora ci sentiamo stasera così la ringrazio.

Il dalmata ha preso ad abbaiare alla padrona perché voleva che gli lanciasse un bastone.

Ho messo la mano sul microfono e sono corso verso la strada.

– Va bene.

1 **Villa Borghese:** Park im Zentrum von Rom.
la valle: (Tal-)Senke.
5 **il sorso:** Schluck.
14 **il dalmata:** Dalmatiner(hund).
schizzare: spritzen; hier: schießen.
18 **abbaiare:** bellen.
19 **il bastone:** Stock.
20 **il microfono:** Mikrofon.

– A dopo.

– Va bene, mamma, a dopo … Ma dove sei? Che stai facendo?

– Niente. Sto a letto. Vorrei dormire un altro po'.

– E quando esci?

– Più tardi andrò da nonna.

– Papà?

– È appena uscito.

– Ah … ho capito. Allora ciao.

– Ciao.

Perfetto.

Eccolo lì il Cercopiteco che spazzava le foglie in cortile.

Chiamavo così Franchino, il portiere del mio palazzo. Era uguale identico alla scimmia che vive in Congo. Aveva la testa tonda coperta da una striscia di peli argentati che gli incoronava la nuca e gli passava sopra le orecchie e gli scendeva lungo la mandibola per riunirsi sul mento. Un unico soprac-

12 **il Cercopiteco:** Meerkatze (Cercopithecus), afrikanischer (Baum-)Affe.
spazzare: ab-, wegkehren.
15 **uguale** (agg.) **identico/a:** haargenau gleich.
16 **tondo/a:** rund.
la striscia: Streifen, Kranz.
17 **argentato/a:** silbrig, silbergrau.
incoronare: krönen, bekränzen.
la nuca: Nacken.
19 **la mandibola:** (Unter-)Kiefer.
il mento: Kinn.

ciglio scuro che gli attraversava la fronte. Anche la sua andatura era particolare. Avanzava un po' gobbo con le lunghe braccia che pendevano, le palme delle mani rivolte in avanti e la testa che ciondolava.

Era di Soverato, in Calabria, dove viveva la sua famiglia. Ma lavorava nel nostro palazzo da sempre. A me stava simpatico. Mia madre e mio padre non lo sopportavano perché dicevano che si prendeva troppe confidenze.

Ora il problema era entrare nel palazzo senza che mi vedesse.

Franchino era lentissimo e quando cominciava a spazzare il cortile non la finiva più.

Nascosto dietro un camion parcheggiato dall'altra parte della strada, ho tirato fuori il cellulare e ho composto il suo numero di casa.

Il telefono nel seminterrato ha cominciato a suonare. Il Cercopiteco ci ha messo parecchio a sentir-

2 **l'andatura:** Gang.
avanzare: sich fortbewegen.
2f. **gobbo/a:** gebeugt, krumm.
3 **pẹndere:** (herab)hängen.
la palma: Handfläche.
4 **rivolto/a:** gewendet, gedreht.
4f. **ciondolare:** hin- und herwackeln, -schaukeln.
6 **Calabria:** Kalabrien (Region in Süditalien).
8 **stare** (reg.): hier: *essere*.
10 **la confidenza:** Vertrautheit; hier: Vertraulichkeit.
15 **il cạmion:** Lastwagen.
18 **il seminterrato:** Souterrain, Kellergeschoss.

lo. Alla fine ha mollato la scopa e si è avviato verso la guardiola con il suo passo dondolante e l'ho visto sparire sulle scale che portavano al suo appartamento.

Ho afferrato sci e scarponi e ho attraversato la strada. Per poco non sono finito sotto una Ka che ha cominciato a suonare. Dietro, le altre macchine hanno inchiodato, urlandomi insulti.

A denti stretti, con gli sci che mi cadevano e lo zaino che mi segava le spalle, ho spento il cellulare e ho superato il cancello. Sono passato accanto alla fontana ricoperta di muschio dove vivevano i pesci rossi e al prato all'inglese con le panchine di marmo dove non ci si poteva sedere. La macchina di mia madre era parcheggiata accanto alla pensilina del portone, sotto la palma che lei aveva fatto cu-

1 **mollare:** loslassen, (es) sein lassen.
la scopa: Besen.
2 **la guardiola:** Portiersloge.
dondolante (agg.): schaukelnd, schwankend.
5 **afferrare:** packen, schnappen.
6 **la (macchina) Ka:** Ford Ka.
8 **inchiodare:** zum Stehen kommen.
urlare: schreien (*l'urlo:* Schrei).
l'insulto: Beleidigung, Schimpfwort.
10 **segare:** sägen; hier: einschneiden.
11 **il cancello:** Gittertor.
12 **la fontana:** (Spring-)Brunnen.
il muschio: Moos.
15 **la pensilina:** Schutzdach.
16 **il portone:** Eingang, Einfahrt.
la palma: Palme.

rare dal punteruolo rosso, un parassita delle palme.

Pregando di non beccare nessuno che usciva dal palazzo mi sono infilato nell'androne e sono corso sulla passerella rossa, sono passato accanto all'ascensore e mi sono buttato per le scale che portavano alle cantine.

Quando sono arrivato giù ero senza fiato. Tastando il muro ho trovato l'interruttore. Due lunghi neon scarichi si sono accesi illuminando un corridoio stretto e senza finestre. Su un lato correvano i tubi dell'acqua, sull'altro delle porte chiuse. Arrivato davanti alla terza, ho infilato la mano in tasca, ho tirato fuori una lunga chiave e l'ho girata nella serratura.

1 **il punteruolo:** Kornkäfer.
il parassita: Schädling, Parasit.
3 **beccare:** erwischen, treffen.
4 **infilarsi:** schlüpfen.
l'androne: Eingangsbereich, -halle.
5 **la passerella:** (Lauf-)Steg; hier: (Teppich-)Läufer.
6 **buttarsi:** sich werfen; hier: stürzen.
7 **la cantina:** Keller.
8 **il fiato:** Atem.
9 **tastare:** abtasten.
l'interruttore m.: (Licht-)Schalter.
10 **il neon:** Neonlampe, Leuchtröhre.
scarico/a: leer; hier: schwach.
12 **il tubo:** Rohr.
13 **infilare:** hier: hineinstecken.
15 **la serratura:** (Tür-)Schloss.

La porta si è spalancata su una grande stanza rettangolare. In alto due finestrelle velate di polvere vere lasciavano filtrare una bava di luce che cadeva su mobili coperti da teli, su scatoloni pieni di libri, di pentole e di vestiti, su infissi tarlati, su tavole e porte di legno, su lavandini incrostati di calcare e pile di sedie impagliate. Dovunque gettavo l'occhio c'era roba ammucchiata. Un divano a fiori blu. Una pila di materassi di lana ricoperti di muffa. Una collezione di Selezione mangiata dalle tar-

1 **spalancarsi:** weit aufgehen.
2 **la finestrella** (dim.): kleines Fenster.
velato/a: verschleiert; hier: trüb.
3 **filtrare:** filtern, filtrieren; hier: durchscheinen.
la bava: Glitzerfaden, dünner Strahl.
4 **il telo:** Tuch.
lo scatolone (accr.): Karton (*la scạtola:* Schachtel).
5 **la pẹntola:** Topf.
l'infisso: Rahmen.
tarlato/a: wurmstichig.
6 **incrostato/a:** verkrustet.
6f. **il calcare:** Kalk.
7 **la pila:** Stapel.
impagliato/a: mit Strohgeflecht.
gettare: werfen.
8 **ammucchiare:** an-, übereinanderhäufen.
9 **il materasso:** Matratze.
ricoprire: bedecken, überziehen.
9f. **la muffa:** Schimmel.
10 **la collezione:** Sammlung.
Selezione: Name der italienischen Ausgabe des Monatsmagazins *Reader's Digest.*
10f. **la tarma:** Motte.

me. Vecchi dischi. Lampade con i paralumi storti. Una testiera di ferro battuto. Tappeti arrotolati nei giornali. Un grande bulldog di ceramica con una zampa spezzata.

Una casa degli anni Cinquanta ammassata in una cantina.

Ma da un lato c'era un materasso con delle coperte e un cuscino. Su un tavolino basso disposte in ordine dieci scatolette di Simmenthal, venti di tonno, tre confezioni di pane in cassetta, sei barattoli di sott'olio, dodici bottiglie di Ferrarelle, succhi di frutta e Coca-Cola, un barattolo di nutella, due tu-

1 **il paralume:** Lampenschirm.
storto/a: schief, krumm.
2 **la testiera:** (Bett) Kopfteil.
il ferro battuto: Schmiedeeisen.
arrotolare: zusammen-, einrollen.
3 **il bulldog:** Bulldogge.
la ceramica: Keramik.
4 **spezzare:** zer-, abbrechen.
5 **ammassare:** (hinein)stopfen.
8 **il cuscino:** Kissen.
disporre: hier: aufstellen, aufreihen.
9 **in ordine** m.: nach-, nebeneinander.
la scatoletta (dim.): (Konserven-)Dose.
Simmenthal: Produktname für eingelegtes Rindfleisch, Corned Beef.
10 **in cassetta:** eckig, Kasten…
11 **il (prodotto) sott'olio** (invar.): in Öl eingelegtes Gemüse.
Ferrarelle: Produktname für italienisches Mineralwasser.
12f. **il tubetto:** Tube.

betti di maionese, biscotti, merendine e due tavolette di cioccolata al latte. Poggiato su una cassa un piccolo televisore, la playstation, tre romanzi di Stephen King e un po' di fumetti Marvel.

Ho chiuso la porta.

Quella era la mia settimana bianca.

1 **la merendina** (dim.): abgepacktes Gebäckstück (*la merenda:* [Nachmittags-]Imbiss).
1 f. **la tavoletta:** Tafel.
2 **la cassa:** Kiste.
4 **Stephen King:** amerikanischer Schriftsteller (geb. 1947), bekannt durch Horror- und Science-Fiction-Romane.
il fumetto: Comic.
Marvel: amerikanischer Comic-Verlag.

2

Ho cominciato a parlare a tre anni e chiacchierare non è mai stato il mio forte. Se un estraneo mi rivolgeva la parola rispondevo sì, no, non so. E se insisteva rispondevo quello che voleva sentirsi dire.

Le cose, una volta pensate, che bisogno c'è di dirle?

– Lorenzo tu sei come le piante grasse, cresci senza disturbare, ti basta un goccio d'acqua e un po' di luce, – mi diceva una vecchia tata di Caserta.

Per farmi giocare i miei genitori facevano venire ragazze alla pari. Ma io preferivo giocare da solo. Chiudevo la porta e immaginavo che la mia stanza fosse un cubo che vagava nello spazio desolato.

3 **il (lato) forte** (fig.): Stärke.
l'estraneo / l'estranea: Außenstehende(r), Unbekannte(r).
5 **insistere:** beharren, weitermachen.
9 **la pianta grassa:** Fettpflanze, Sukkulente.
10 **disturbare:** stören, Mühe machen.
11 **la tata** (fam.): Kindermädchen, -frau.
Caserta: Stadt südlich von Rom.
13 **la ragazza alla pari** (invar.): Au-pair-Mädchen.
14 **immaginare:** hier: *immaginarsi*.
15 **vagare:** umherirren; hier: umherfliegen.
desolato/a: öde, leer.

I problemi sono arrivati alle elementari.

Ho pochi ricordi di quel periodo. Ricordo il nome delle mie maestre, gli oleandri in cortile, le scatole argentate piene di maccheroni fumanti a mensa. E gli altri.

Gli altri erano tutti quelli che non erano mia madre, mio padre e nonna Laura.

Se gli altri non mi lasciavano in pace, se mi stavano troppo addosso, un fluido rosso mi saliva per le gambe, mi inondava lo stomaco e mi si irradiava fino alla punta delle mani, allora chiudevo i pugni e reagivo.

Quando ho spinto Giampaolo Tinari giù dal muretto ed è caduto di testa sul cemento e gli hanno messo i punti in fronte, hanno chiamato a casa.

Nella sala degli insegnanti la maestra diceva a mia madre: – Sembra uno che sta alla stazione e aspetta il treno che lo riporti a casa. Non disturba

1 **le elementari** (agg. sost.): *la scuola elementare:* Grundschule.
3 **l'oleandro:** Oleander(strauch).
3f. **la scạtola:** hier: Gefäß, Pappbehälter.
4f. **la mensa:** Mensa, Schulkantine.
8f. **stare adosso a qu:** jdn. bedrängen.
9 **il flụido:** Flüssigkeit, Flut, Energie.
10 **inondare:** überschwemmen, strömen.
irradiarsi: sich ausbreiten.
11 **la punta:** Spitze.
il pugno: Faust.
15 **il punto:** Klammer, Stich.
19 **riportare:** zurückbringen.

nessuno, ma se qualche compagno lo infastidisce urla, diventa rosso di rabbia e lancia tutto quello che ha sotto mano –. La maestra aveva guardato a terra imbarazzata. – Alle volte fa paura. Non so … Io le consiglierei di …

Mia madre mi ha portato dal professor Masburger. – Vedrai. Lui aiuta un sacco di bambini.

– Ma quanto ci devo stare?

– Tre quarti d'ora. Due volte a settimana. Ti va?

– Sì. Non è tanto, – le ho detto.

Se mia madre credeva che così sarei diventato come gli altri a me andava bene. Tutti dovevano pensare, mia mamma compresa, che ero normale.

Mi accompagnava Nihal. Una segretaria grassa con addosso un profumo di caramelle mi faceva entrare in una stanza con il soffitto basso e che puzzava di umido. La finestra affacciava su un muro grigio. Sulle pareti color nocciola pendevano vecchie foto di Roma in bianco e nero.

– Ma qui ci si mettono tutti quelli che hanno problemi? – ho chiesto al professor Masburger, mentre

1 **infastidire:** ärgern, belästigen (*il fastidio:* Störung, Unannehmlichkeit).
4 **imbarazzato/a:** verlegen.
alle volte: manchmal.
8 **quanto:** hier: wie lange.
stare: hier: bleiben.
15 **la caramella:** Bonbon.
17 **affacciare su qc:** auf etwas hinausgehen.
18 **color nocciola** (agg. invar.): haselnussfarben.

mi indicava un lettino trapuntato con un tessuto di broccato stinto su cui stendermi.

– Certo. Tutti. Così puoi parlare meglio.

Perfetto. Avrei fatto finta di essere un bambino normale con i problemi. Non ci voleva molto a fregarlo. Io sapevo esattamente come gli altri pensavano, cosa gli piaceva e cosa desideravano. E se non bastava quello che sapevo, quel lettino su cui mi stendevo mi avrebbe trasmesso, come un corpo caldo che trasmette calore a un corpo freddo, i pensieri dei bambini che si erano sdraiati prima di me.

E così gli raccontavo di un altro Lorenzo. Un Lorenzo che si vergognava a parlare con gli altri ma che voleva essere come gli altri. Mi piaceva fare finta di amare gli altri.

Poche settimane dopo l'inizio della terapia ho sentito i miei parlare sottovoce in salotto. Sono andato nello studio. Ho tolto dei volumi dalla libreria e ho messo l'orecchio contro il muro.

1 **indicare:** hinweisen.
il lettino: Liege, Couch.
trapuntato/a: überzogen.
il tessuto: Stoff.
2 **il broccato:** Brokat.
stinto/a: ausgebleicht, verschossen.
stẹndersi: sich ausstrecken, hinlegen.
5 **ci vuole:** es braucht.
5f. **fregare qu** (fam.): jdn. hereinlegen.
18 **sottovoce** (avv.): leise.
19 **il volume:** Band, Buch.

– Allora che ha? – stava dicendo papà.

– Ha detto che ha un disturbo narcisistico.

– In che senso?

– Dice che Lorenzo è incapace di provare empatia per gli altri. Per lui tutto quello che è fuori dalla sua cerchia affettiva non esiste, non gli suscita nulla. Crede di essere speciale e che solo persone speciali come lui lo possano capire.

– Vuoi sapere che penso? Che questo Masburger è un vero coglione. Non ho mai visto un ragazzino più affettuoso di nostro figlio.

– È vero, ma solo con noi, Francesco. Lorenzo pensa che noi siamo le persone speciali e tutti gli altri li considera non del suo livello.

– È uno snob? Questo ci sta dicendo il professore?

– Ha detto che ha il sé grandioso.

Mio padre è scoppiato a ridere. – Per fortuna. Pensa se avesse il sé micragnoso. Basta, leviamolo

2 **il disturbo:** Störung.
narcisistico/a: narzisstisch.
4f. **l'empatia:** Empathie, Mitgefühl.
6 **la cerchia affettiva:** Bezugsgruppe (*la cerchia:* [Personen-] Kreis).
suscitare: auslösen, hervorrufen.
14 **il livello:** Ebene, Niveau.
17 **il sé grandioso:** (narzisstisch) überhöhtes Selbstbild.
18 **scoppiare:** platzen, ausbrechen.
19 **micragnoso/a:** knauserig, arm.
levare: wegnehmen.

dalle mani di questo incapace prima che gli incasini il cervello davvero. Lorenzo è un bambino normale.

– Lorenzo è un bambino normale, – ho ripetuto io.

Piano piano ho capito come comportarmi a scuola. Mi dovevo tenere in disparte, ma non troppo, sennò mi notavano.

Mi confondevo come una sardina in un banco di sardine. Mi mimetizzavo come un insetto stecco tra i rami secchi. E ho imparato a controllare la rabbia. Ho scoperto di avere un serbatoio nello stomaco, e quando si riempiva lo svuotavo attraverso i piedi e la rabbia finiva a terra e penetrava nelle viscere del mondo e si consumava nel fuoco eterno.

1 f. **incasinare** (fam.): durcheinanderbringen (*il casino:* Durcheinander, Chaos).
7 **in disparte:** abseits.
7 f. **sennò:** sonst.
9 **confondersi:** hier: verschwinden.
la sardina: Sardine.
il banco: hier: Schwarm.
10 **mimetizzarsi:** sich tarnen, anpassen.
stecco/a: dürr.
13 **riempirsi:** sich füllen, voll werden.
svuotare: (aus)leeren.
14 **penetrare:** eindringen.
15 **le viscere** (meist pl.): Eingeweide, Inneres.
16 **eterno/a:** ewig.

Ora nessuno mi rompeva più.

Alle medie sono stato mandato al St Joseph, una scuola inglese popolata da figli di diplomatici, di artisti stranieri innamorati dell'Italia, manager americani e italiani facoltosi che si potevano permettere la retta. Lì erano tutti fuori posto. Parlavano lingue diverse e sembravano in transito. Le femmine se ne stavano per conto loro e i maschi giocavano a calcio su un grande prato di fronte alla scuola. Mi sono trovato bene.

Ma i miei genitori non erano contenti. Dovevo avere degli amici.

Il calcio era un gioco cretino, tutti a rincorrere una palla, ma era quello che piaceva agli altri. Se imparavo quel gioco era fatta. Avrei avuto degli amici.

Ho preso coraggio e mi sono messo in porta, do-

1 **rọmpere a qu** (fam.): jdm. auf die Nerven, auf den Geist, auf den Sack gehen (*rọmpere i nervi, le scạtole, le palle, i coglioni*).
2 **le medie** (agg. sost.): *la scuola media:* Gemeinschaftsschule (6.–8. Klasse).
3 **il diplomạtico / la diplomạtica:** Diplomat(in).
5 **facoltoso/a:** vermögend, reich.
6 **la retta:** Schulgebühr.
fuori posto: am falschen Platz.
7 **in trạnsito:** auf der Durchreise.
13 **cretino/a** (fam.): dumm, blöd.
rincọrrere: nachlaufen.
15 **è fatto/a:** es ist geschafft.
17 **la porta:** hier: Tor.

ve nessuno voleva mai stare e ho scoperto che non era poi così schifoso difenderla dagli attacchi nemici. C'era un certo Angelo Stangoni che quando prendeva la palla nessuno riusciva più a togliergliela. Arrivava come un fulmine davanti alla porta e tirava botte fortissime. Un giorno lo buttano giù con un calcio. Rigore. Io mi metto al centro della porta. Lui prende la rincorsa.

Io non sono un uomo, mi dico, io sono uno Gnuzzo, un animale bruttissimo e agilissimo prodotto in un laboratorio umbro, che ha un unico compito nella vita e poi può morire tranquillo. Difendere la Terra da un meteorite mortale.

E così Stangoni ha calciato forte, dritto, alla mia destra e io ho volato come solo uno Gnuzzo sa fa-

2 **schifoso/a:** eklig; hier: blöd, ungenehm (*lo schifo:* Ekel).
5 **il fulmine:** Blitz.
6 **la botta:** Schlag, Stoß.
buttare giù: niederwerfen, umhauen.
7 **il calcio:** hier: Fußtritt.
il rigore: Strafstoß, Elfmeter.
8 **prendere la rincorsa:** Anlauf nehmen.
10 **lo Gnuzzo:** Name für Phantasietier (phonetisch gebildet aus *lo gnu* [Gnu] und *lo struzzo* [Strauß]).
agile (agg.): beweglich.
11 **il laboratorio:** Labor.
umbro/a: umbrisch (Umbrien: Region in Mittelitalien).
12 **il compito:** Aufgabe (*il compito in classe:* Klassenarbeit).
13 **il/la meteorite:** Meteorit.
14 **calciare:** hier: schießen.

re, e ho allungato le braccia e la palla era lì tra le mie mani e ho parato.

Mi ricordo che i miei compagni mi abbracciavano ed era bello perché credevano che ero uno di loro.

Mi hanno messo in squadra. Ora avevo dei compagni che mi chiamavano a casa. Rispondeva mia madre ed era felice di poter dire: – Lorenzo, è per te.

Dicevo di andare dagli amici ma in realtà mi nascondevo da nonna Laura. Abitava in un attico vicino casa nostra con Pericle, un vecchio basset hound, e Olga, la badante russa. Passavamo i pomeriggi a giocare a canasta. Lei beveva Bloody Mary e io succo di pomodoro con il pepe e il sale. Avevamo fatto un patto: lei mi copriva sulla storia degli amici e io non dicevo niente dei Bloody Mary.

Ma le medie sono finite in fretta e mio padre mi ha chiamato nello studio, mi ha fatto sedere su una

1 **allungare:** ausstrecken.
2 **parare:** parieren, (Ball) halten.
5 **la squadra:** Mannschaft.
9 f. **nascondersi:** sich verstecken.
10 **l'attico:** (elegante) Dachgeschoss-, Penthousewohnung.
10 f. **vicino:** hier: *vicino a*.
11 f. **il basset hound** (ingl.): britische Hunderasse, Basset.
12 **il/la badante:** Betreuer(in), (Alten-)Pfleger(in).
13 **la canasta:** (Kartenspiel) Canasta.
13 f. **Bloody Mary** (ingl.): klassischer Cocktail aus Wodka und Tomatensaft.
15 **il patto:** Abkommen, Pakt.
coprire qu (fig.): jdn. decken.

poltrona e ha detto: – Lorenzo, ho pensato che è ora che vai a un liceo pubblico. Basta con queste scuole private di figli di papà. Dimmi, ti piace di più la matematica o la storia?

Ho dato un'occhiata a tutti i suoi libroni sugli antichi egizi, sui babilonesi, disposti in ordine nella libreria. – La storia.

Mi ha dato una pacca soddisfatta. – Ottimo, vecchio mio, abbiamo gli stessi gusti. Vedrai, il liceo classico ti piacerà.

Quando, il primo giorno di scuola, sono arrivato davanti al liceo pubblico per poco non sono svenuto.

Quello era l'inferno in terra. C'erano centinaia di ragazzi. Sembrava di stare all'entrata di un concerto. Alcuni erano molto più grandi di me. Pure con la barba. Le ragazze con le tette. Tutti sui motorini, con gli skate. Chi correva. Chi rideva. Chi

1 **la poltrona:** Sessel.
3 **il figlio di papà:** Muttersöhnchen, verwöhntes Bürschchen.
5 **dare un'occhiata a qc:** auf etwas schauen, blicken.
il librone (accr.): Schmöker.
6 **l'egizio / l'egizia:** (Alt-)Ägypter(in).
il/la babilonese: Babylonier(in).
8 **la pacca:** Schlag (auf die Schulter).
9 f. **il liceo classico:** humanistisches Gymnasium.
17 **la tetta** (fam.): Brust, Busen.
17 f. **il motorino** (fam.): Mofa, Moped.
18 **lo skate** (ingl.): Inlineskate.
18 f. **chi ... chi:** der, die eine(n), der, die andere(n).

urlava. Chi entrava e usciva dal bar. Uno si è arrampicato sopra un albero e ha appeso lo zaino di una ragazza su un ramo e quella gli tirava le pietre.

L'ansia mi toglieva il respiro. Mi sono appoggiato contro un muro coperto di scritte e disegni.

Perché dovevo andare a scuola? Perché il mondo funzionava così? Nasci, vai a scuola, lavori e muori. Chi aveva deciso che quello era il modo giusto? Non si poteva vivere diversamente? Come gli uomini primitivi? Come mia nonna Laura, che quando era piccola aveva fatto la scuola a casa e le insegnanti andavano da lei. Perché non potevo fare così pure io? Perché non mi lasciavano in pace? Perché dovevo essere uguale agli altri? Perché non potevo vivere per conto mio in una foresta canadese?

– Io non sono come loro. Io ho il sé grandioso, – ho sussurrato, mentre tre bestioni che si tenevano a braccetto mi spingevano via come fossi un birillo: – Sparisci, microbo.

1 f. **arrampicarsi:** hinaufklettern.
4 **l'ansia:** Angst, Beklemmung.
5 **la scritta:** Aufschrift, Graffito.
15 **per conto mio:** allein, auf mich selbst gestellt.
16 **canadese** (agg.): kanadisch.
18 **sussurare:** flüstern (*il sussurro:* das Flüstern).
il bestione (accr., fam.): Muskelpaket.
18 f. **a braccetto** (avv.): untergehakt.
19 **il birillo:** Kegel.
20 **il mịcrobo** (spreg.): Mikrobe, Wurm.

In trance ho visto le mie gambe rigide come tronchi che mi portavano in classe. Mi sono seduto al penultimo banco, vicino alla finestra, e ho cercato di rendermi invisibile.

Ma ho scoperto che la tecnica mimetica in quel pianeta ostile non funzionava. I predatori in quella scuola erano molto più evoluti e aggressivi e si muovevano in branco. Qualsiasi stasi, qualsiasi comportamento anomalo, era immediatamente notato e punito.

Mi hanno messo in mezzo. Mi hanno preso in giro per come mi vestivo, perché non parlavo. E poi mi hanno lapidato a colpi di cancellino.

Imploravo i miei genitori di farmi cambiare scuola, una per disadattati o sordomuti sarebbe stata perfetta. Trovavo ogni scusa per rimanere a casa. Non studiavo più. In classe passavo il tempo a

---

1 **la trance** (fr., ingl.): Trance, hypnotischer Zustand.
3 **penultimo/a:** vorletzte(r).
6 **ostile** (agg.): feindselig.
7 **evoluto/a:** (höher) entwickelt.
8 **il branco:** Rudel, Schwarm.
la stasi: Stillstand, Nichtreaktion.
9 **anomalo/a:** abweichend.
11 f. **prendere in giro qu:** jdn. verspotten.
13 **lapidare qu:** jdn. steinigen, bewerfen.
il colpo: Schlag, Wurf (*colpire:* [mit einem Schlag] treffen).
il cancellino: Schwamm.
14 **implorare:** anflehen.
15 **disadattato/a:** unangepasst, verhaltensgestört.
sordomuto/a: taubstumm.

contare i minuti che mi restavano per uscire da quel carcere.

Una mattina ero a casa per un mal di testa finto e ho visto in televisione un documentario sugli insetti imitatori.

Da qualche parte, ai tropici, vive una mosca che imita le vespe. Ha l'addome a strisce gialle e nere, le antenne e gli occhi sporgenti e ha anche un pungiglione finto. Non fa niente, è buona. Ma, vestita come una vespa, gli uccelli, le lucertole, persino gli uomini la temono. Può entrare tranquilla nei vespai, uno dei luoghi più pericolosi e vigilati del mondo, e nessuno la riconosce.

Avevo sbagliato tutto.

Ecco cosa dovevo fare.

Imitare i più pericolosi.

Mi sono messo le stesse cose che si mettevano gli altri. Le scarpe da ginnastica Adidas, i jeans con i

3 **finto/a:** falsch, vorgeschoben.
4 **il (film) documentario:** Dokumentarfilm.
5 **imitatore** (agg.): nachahmend, Mimikry zeigend.
6 **i trọpici:** Tropen (*trọpico/a:* tropisch).
7 **l'addome** m.: Unterbauch.
8 **l'antenna:** Antenne; hier: Fühler.
8 f. **il pungiglione:** Stachel.
10 **la lucẹrtola:** Eidechse.
persino: sogar.
11 **tẹmere:** fürchten.
11 f. **il vespaio:** Wespennest.
12 **vigilato/a:** be-, überwacht.

buchi, la felpa nera con il cappuccio. Mi sono tolto la riga e mi sono fatto crescere i capelli. Volevo anche l'orecchino ma mia madre me lo ha proibito. In cambio, per Natale, mi hanno regalato il motorino. Quello più comune.

Camminavo come loro. A gambe larghe. Buttavo lo zaino a terra e lo prendevo a calci.

Li imitavo con discrezione. Da imitazione a caricatura è un attimo.

Durante le lezioni me ne stavo al banco facendo finta di ascoltare, ma in realtà pensavo alle cose mie, mi inventavo storie di fantascienza. Andavo pure a ginnastica, ridevo alle battute degli altri, facevo scherzi idioti alle ragazze. Un paio di volte ho anche risposto male ai professori. E ho consegnato il compito in classe in bianco.

La mosca era riuscita a fregare tutti, perfettamente integrata nella società delle vespe. Credevano che fossi uno di loro. Uno giusto.

Quando tornavo a casa raccontavo ai miei che a

1 **la felpa:** Fleece-Pullover, Sweatshirt.
il cappuccio: Kapuze.
togliersi qc: weglassen, auf etwas verzichten.
2 **la riga:** Linie; hier: Scheitel.
8 **la discrezione:** hier: (richtiges) Maß.
12 **la fantascienza:** Science-Fiction.
15 **consegnare:** abgeben.
16 **in bianco:** leer, unbearbeitet.
20 **i miei:** *i miei genitori.*

scuola tutti dicevano che ero simpatico e inventavo storie divertenti che mi erano successe.

Ma più inscenavo questa farsa più mi sentivo diverso. Il solco che mi divideva dagli altri si faceva più profondo. Da solo ero felice, con gli altri dovevo recitare.

Questa cosa, alle volte, mi impauriva. Avrei dovuto imitarli per tutto il resto della vita?

Era come se dentro di me la mosca mi dicesse le cose vere. Mi spiegava che gli amici ci mettono un attimo a dimenticarsi di te, che le ragazze sono cattive e ti prendono in giro, che il mondo fuori di casa è solo competizione, sopraffazione e violenza.

Una notte ho avuto un incubo da cui mi sono svegliato urlando. Scoprivo che la maglietta e i jeans erano la mia pelle e le Adidas i miei piedi. E sotto la giacca dura come un esoscheletro si agitavano cento zampette da insetto.

3 **inscenare:** inszenieren.
la farsa: Farce, (falsches) Spiel.
4 **il solco:** Furche, Graben.
7 **impaurire qu:** jdn. beunruhigen, ängstigen.
10 **mẹtterci:** brauchen.
13 **la competizione:** Wettbewerb.
la sopraffazione: Unterdrückung.
14 **l'ịncubo:** Alptraum.
15 **la maglietta:** T-Shirt.
17 **l'esoschẹletro:** Exoskelett, Stützstruktur.
17f. **agitarsi:** sich (heftig) bewegen; hier: zappeln.
18 **la zampetta** (dim.): Beinchen.

Tutto è filato più o meno dritto fino a quando, una mattina, ho desiderato per un istante di non essere più una mosca travestita da vespa, ma una vespa vera.

Durante la ricreazione di solito vagavo per i corridoi affollati di studenti come se avessi qualcosa da fare, così nessuno s'insospettiva. Poi poco prima che suonasse la campanella mi rimettevo al mio banco e mi mangiavo la pizza bianca con il prosciutto, la stessa che compravano tutti dal bidello. In classe c'era la solita battaglia del cancellino. Due schiere che si fronteggiavano tirandoselo contro. Se mi avessero colpito, avrei risposto cercando, se possibile, di non beccare nessuno per non scatenare rappresaglie.

Dietro di me era seduta Alessia Roncato. Parla-

1 **filare dritto:** problemlos verlaufen, glattgehen.
2 **l'istante** m.: Augenblick, Moment (*all'istante:* augenblicklich).
3 **travestire:** verkleiden.
5 **la ricreazione:** (Schul-, Arbeits-)Pause.
6 **affollato/a:** gedrängt voll.
7 **insospettirsi:** Verdacht schöpfen, misstrauisch werden.
9 **la pizza bianca:** Pizza ohne Belag, Pizzabrot.
10 **il bidello:** Pedell, Hausmeister.
11 **solito/a:** üblich.
la battaglia: Schlacht.
12 **la schiera:** (Heer-)Schar, Gruppe.
fronteggiarsi: sich begegnen, gegenüberstehen.
14f. **scatenare:** auslösen, hervorrufen.
15 **la rappresaglia:** Rache, Vergeltungsmaßnahme.
16f. **parlare fitto fitto con qu:** lebhaft, unablässig mit jdn. sprechen.

va fitto fitto con Oscar Tommasi e scrivevano una lista di nomi su un foglietto.

Cos'era quella lista?

A me non doveva fregarmene niente, proprio niente, eppure quella maledetta curiosità, che ogni tanto appariva senza ragione, mi ha spinto a farmi indietro con la sedia per riuscire a sentire qualcosa.

– Ma lo fanno venire, secondo te? – stava dicendo Oscar Tommasi.

– Se ci parla mia madre, – ha risposto Alessia Roncato.

– Ma possiamo andare tutti?

– Certo, è grande … – Qualcuno ha preso a strillare e non sono riuscito a sentire più niente.

Probabilmente stavano decidendo chi invitare a una festa.

All'uscita mi sono messo le cuffie ma non ho acceso la musica. Alessia Roncato e Oscar Tommasi avevano fatto gruppetto vicino al muro della scuola con il Sumero e Riccardo Dobosz. Erano tutti eccitati. Il Sumero faceva finta di sciare. Si piegava come se facesse lo slalom. Dobosz gli è saltato sulla

5 **eppure:** aber, doch.
maledetto/a (spreg.): verdammt, verflucht.
6f. **farsi indietro:** sich zurücklehnen.
10 **ci** (fam.): hier: *a qu.*
13f. **strillare:** schreien.
17 **la cuffia:** Haube; hier: Kopfhörer.
21 **eccitato/a:** aufgeregt.
sciare: Ski fahren.

schiena e fingeva di strozzarlo. Non potevo sapere cosa stesse dicendo Alessia a Oscar Tommasi. Ma gli occhi le brillavano mentre guardava il Sumero e Dobosz.

Mi sono avvicinato a pochi metri dal capannello e alla fine è stato facile capire.

Alessia li aveva invitati a casa sua a Cortina per la settimana bianca.

Quei quattro erano diversi dagli altri. Si facevano gli affari loro e si capiva che erano amici per la pelle. Sembrava che avessero intorno una bolla invisibile nella quale nessuno poteva entrare a meno che non lo volessero loro.

Alessia Roncato era il capo ed era la ragazza più bella della scuola. Ma non faceva la bona, non cercava di assomigliare a qualcuno, era lei e basta.

Oscar Tommasi era magrissimo e si muoveva come una femmina. Appena parlava tutti ridevano.

1 **la schiena:** Rücken.
strozzare: erwürgen.
5 **il capannello:** (Personen-)Gruppe.
9 f. **farsi gli affari suoi:** sich um seine (eigenen) Angelegenheiten kümmern.
10 f. **amici per la pelle:** unzertrennlich, dicke Freunde.
11 **la bolla:** (Luft-)Blase.
15 **fare la bona** (rom.): aufreizend sein, sich a. benehmen (*bona:* [rom.]: scharf, geil).

Riccardo Dobosz era silenzioso e sempre accigliato come un samurai.

Ma quello che mi piaceva di più era il Sumero. Non sapevo perché lo chiamavano così. Aveva la moto da cross ed era bravo in tutti gli sport, e si diceva che nel rugby sarebbe diventato un campione. Grosso come un frigorifero, le mani che sembravano di pongo, i capelli a spazzola, il naso piatto. Secondo me se il Sumero dava un cazzotto a un alano poteva pure stroncarlo sul colpo. Era in seconda, però non faceva mai lo stronzo con i più piccoli. Per lui quelli delle classi inferiori erano un po' come gli acari dei materassi. Esistono ma non li vedi.

1f. **accigliato/a:** finster dreinblickend.
5 **la moto da cross:** Motocross-Rad (*da cross:* Gelände…).
8 **il pongo:** Knet(masse), Plastilin.
i cappelli a spạzzola: Bürstenhaarschnitt, -frisur (*la spạzzola:* Bürste).
8f. **piatto/a:** flach.
9 **il cazzotto:** Faustschlag, -hieb.
10 **l'alano:** Dogge.
stroncare: niederstrecken, erledigen.
sul colpo (avv.): sofort, mit einem Schlag.
10f. **in seconda:** *nella seconda classe del liceo:* in der vorletzten Klasse.
11 **fare lo stronzo / la stronza con qu** (fam.): jdn. ärgern, schikanieren (*lo stronzo* [volg.]: Scheiße; hier [fig.]: Scheißkerl, Arschloch).
12 **inferiore** (agg.): untere(r).
13 **l'ạcaro:** Milbe.

Loro erano i Fantastici Quattro e io Silver Surfer.

Il Sumero è montato sulla moto, si è caricato Alessia che lo ha abbracciato come avesse paura di perderselo e sono partiti sgommando. Anche gli altri studenti, piano piano, sono tornati a casa svuotando la strada. Il negozio di dischi e quello di elettrodomestici avevano abbassato la saracinesca per la pausa pranzo.

Ero rimasto solo io.

Dovevo andare a casa, tra una decina di minuti mia madre, non vedendomi, mi avrebbe chiamato. Ho spento il cellulare. Guardavo fisso le scritte fatte con lo spray fino a quando si sono sfocate. Macchie di colore sul muro di un palazzo.

Se Alessia avesse invitato anche me avrebbero visto come sciavo bene. Gli avrei fatto scoprire dei fuoripista segreti.

Io a Cortina ci andavo da quando ero nato. Co-

1 **i Fantastici Quattro:** die Comic-Serie *The Fantastic Four* aus den Marvel-Comics von Jack Curby und Stan Lee (1966).
1f. **Silver Surfer:** Comic-Figur aus den Marvel Comics.
5 **sgommare:** mit quietschenden Reifen (los)fahren.
7f. **l'elettrodomestico:** Elektro-, Haushaltsgerät.
8 **la saracinesca:** Rolladen; hier: Rollgitter.
13 **fisso** (avv.): starr.
14 **lo spray:** Spray-, Sprühdose.
sfocarsi: unscharf werden.
18 **il fuoripista:** Tiefschnee(ab)fahrt.

noscevo tutte le piste e sapevo un sacco di fuoripista. Il mio preferito partiva dal monte Cristallo e arrivava fino al centro del paese. Si passava nel bosco, c'erano salti incredibili, una volta avevo visto due camosci proprio dietro una casa. Poi potevamo andare al cinema e prenderci una cioccolata calda da Lovat.

Avevo troppe cose in comune con loro. Che Alessia avesse una casa a Cortina non poteva essere una semplice coincidenza. E poi ho capito. Anche loro erano mosche che facevano finta di essere vespe. Solo che erano molto più bravi di me a imitare gli altri. Se fossi andato anch'io a Cortina avrebbero capito che ero uguale a loro.

Quando sono tornato a casa, mia madre stava insegnando a Nihal la ricetta dell'ossobuco. Mi sono seduto, ho aperto e chiuso il cassetto delle posate e ho detto: – Alessia Roncato mi ha invitato a sciare a Cortina.

Mia madre mi ha guardato come se le avessi detto che mi era cresciuta la coda. Ha cercato una sedia, ha preso un respiro e ha balbettato: – Tesoro, come sono felice –. E mi ha abbracciato forte forte.

2 **il monte Cristallo:** Berg in den italienischen Dolomiten.
5 **il camoscio:** Gemse.
7 **Lovat:** bekannte Konditorei in Cortina d'Ampezzo.
8 **in comune** (invar.): gemein(sam).
10 **la coincidenza:** Zufall.
16 **l'ossobuco:** Kalbshaxe, italienisches Schmorgericht.
22 **balbettare:** stammeln.

– Sarà bellissimo. Scusami un attimo –. Si è alzata, mi ha sorriso e si è chiusa in bagno.

Che le era preso?

Ho poggiato un orecchio sulla porta. Piangeva e ogni tanto tirava su con il naso. Poi ho sentito che apriva il rubinetto e si lavava la faccia.

Non capivo.

Si è messa a parlare al cellulare. – Francesco, ti devo dire una cosa. Nostro figlio è stato invitato in settimana bianca … Sì, a Cortina. Vedi che non ci dobbiamo preoccupare … Pensa che dalla gioia mi sono messa a piangere come una cretina. Mi sono chiusa in bagno per non farmi vedere da lui …

Per qualche giorno ho tentato di dire a mamma che era una bugia, che avevo detto quella balla per scherzare, ma ogni volta che la vedevo così felice ed entusiasta, mi ritiravo sconfitto e con la sensazione di aver commesso un omicidio.

Il problema non era dirle che mi ero inventato tutto e che nessuno mi aveva invitato da nessuna parte. Era umiliante, ma avrei potuto sopportarlo.

3 **che le era preso?:** was hatte sie denn?
12 **il cretino / la cretina:** Dummkopf, dumme Gans.
15 **la bugia:** Lüge.
la balla (fam.): Lüge, Stuss.
18 **commettere:** begehen.
l'omicidio: Mord.
21 **umiliante** (agg.): demütigend, beschämend.

Quello che non riuscivo a sopportare era la domanda che di sicuro sarebbe seguita.

– Lorenzo, ma perché mi hai raccontato questa bugia?

E a questa domanda non c'erano risposte.

In camera, la notte, provavo a trovarne una.

– Perché …

Ma era come se il cervello mi s'impuntasse contro un gradino.

– Perché sono un coglione. – Questa era l'unica risposta che riuscivo a darmi. Ma sapevo che non bastava, sotto c'era qualcosa che non avevo voglia di sapere.

E quindi, alla fine, mi sono lasciato trasportare dalla corrente e ho cominciato a crederci. Ho raccontato della settimana bianca pure al Cercopiteco. Riuscendo ad essere sempre più convincente. Ho arricchito la storia di particolari. Saremmo andati in un rifugio in alta montagna e avremmo preso l'elicottero.

Ho fatto un capriccio per farmi comprare gli sci,

8 f. **impuntarsi contro qc:** an etwas stoßen, ins Stocken kommen.
9 **il gradino:** Stufe.
15 **la corrente:** Strom, Strömung.
17 **convincente** (agg.): überzeugend.
18 **arricchire:** anreichern.
il particolare: Einzelheit, Detail.
19 **il rifugio:** Berg-, Skihütte.
21 **fare un capriccio:** keine Ruhe geben (*il capriccio:* [vorübergehende] Laune).

gli scarponi e la giacca nuova. E con il passare dei giorni ho cominciato a credere che Alessia mi avesse invitato davvero.

Se chiudevo gli occhi la vedevo avvicinarsi. Io stavo togliendo la catena dal motorino e lei mi guardava con i suoi occhi blu, si passava le dita nella frangetta bionda, poggiava una Nike sull'altra e mi diceva: – Senti Lorenzo, ho organizzato una settimana bianca, vuoi venire?

Ci pensavo un po' e rispondevo tranquillo: – Va bene vengo.

Poi, un giorno, mentre stavo in camera con gli scarponi nuovi ai piedi, lo sguardo mi è finito sullo specchio attaccato all'anta dell'armadio e ho visto riflesso un ragazzino in mutande, bianchiccio come un verme, con le gambe che sembravano ramoscelli, con quattro peli addosso, con un toracetto e quei ridicoli cosi rossi ai piedi, e dopo mezzo minuto in cui lo osservavo con la bocca semiaperta gli ho detto: – Ma dove vai?

7 **la frangetta:** Pony(fransen) (*la frangia:* Franse; *il frangettone* [dim., accr.]: ins Gesicht fallende Haare).
14 **l'anta:** Tür(flügel).
15 **bianchiccio/a:** weißlich.
16 **il verme:** Wurm.
16f. **il ramoscello** (dim.): kleiner Zweig.
17 **quattro:** hier: ein paar (wenige).
il toracetto (dim.): magerer Oberkörper.
18 **il coso** (fam.): Ding(s).
19 **semiaperto/a:** halb geöffnet.

E il ragazzino nello specchio mi ha risposto con una voce stranamente adulta: – Da nessuna parte.

Mi sono buttato sul letto con tutti gli scarponi e con la sensazione che qualcuno mi avesse scaricato addosso una tonnellata di calcinacci e mi sono detto che non avevo nessuna idea di come uscire da quel casino che avevo combinato e che se avessi ancora, anche solo una volta, provato a credere che Alessia mi aveva invitato, mi sarei gettato dalla finestra e amen e bye bye e arrivederci e grazie tante.

Era la via più semplice. Tanto avevo una vita di merda.

– Basta! Devo dirle che non posso andare perché nonna Laura sta in ospedale e sta morendo di cancro –. Ho tirato fuori una voce seria seria e guardando il soffitto ho detto: – Mamma, ho deciso di non andare a sciare perché nonna sta male e se muore quando io non ci sono?

Era un'idea buonissima ... Mi sono tolto gli scarponi e mi sono messo a ballare per la stanza come se il pavimento fosse arroventato. Saltavo sul letto e da lì sulla scrivania piroettando tra computer, li-

4 **scaricare:** abladen.
5 **i calcinacci:** Schutt (*il calcinacccio:* Putz, Mörtel).
7 **combinare:** hier: anrichten, anstellen.
10 **amen** (fig.): Schluss, aus.
bye bye (ingl.): tschüss.
11 **tanto** (avv.): sowieso.
21 **arroventato/a:** glühend heiß.
22 **piroettare:** Pirouetten drehen, sich um sich selbst drehen.

bri, la vaschetta delle tartarughine e cantando: – Fratelli d'Italia, l'Italia s'è desta –. Uno slancio ed ero appeso alla libreria. – Dell'elmo di Scipio …

Ma che facevo?

– S'è cinta la te … sta.

Usavo la morte di nonna per salvarmi?

Solo un mostro come me poteva pensare una cosa così brutta.

– Vergognati! – ho urlato e mi sono gettato sul letto con la faccia contro il cuscino.

Come potevo liberarmi da quella bugia che mi stava facendo impazzire?

E improvvisamente ho visto la cantina.

Buia. Accogliente.

E dimenticata.

1 **la vaschetta** (dim.): Becken.
la tartarughina (dim.): kleine Schildkröte (*la tartaruga:* Schildkröte).

2 **Fratelli d'Italia, l'Italia s'è desta:** »Brüder Italiens, Italien hat sich erhoben …« (Anfangszeilen der italienischen Nationalhymne).
lo slancio: Satz, Sprung.

3ff. **Dell'elmo di Scipio … S'è cinta la te … sta:** … und (hat) mit dem Helm des Scipio … sich das Haupt geschmückt (Folgezeilen der Nationalhymne).

7 **il mostro:** Ungeheuer.

14 **buio/a:** dunkel.
accogliente (agg.): einladend.

3

Nella cantina faceva un bel caldo. C'era un bagnetto con le pareti macchiate d'umidità. Lo sciacquone non funzionava, ma riempiendo il secchio nel lavandino potevo svuotare il gabinetto.

Ho passato il resto della mattina sul letto leggendo *Le notti di Salem* di Stephen King e dormendo. A pranzo mi sono fatto fuori mezza tavoletta di cioccolata.

Ero un sopravvissuto a una invasione aliena. La razza umana era stata sterminata e solo in pochi erano riusciti a salvarsi nascondendosi nelle cantine, o nei sotterranei dei palazzi. Io ero l'unico ancora vivo a Roma. Per poter uscire dovevo aspettare che gli alieni se ne ritornassero sul loro pianeta. E questo, per una ragione a me ignota, sarebbe avvenuto tra una settimana.

3 **macchiato/a:** fleckig.
l'umidità: Feuchtigkeit.
3f. **lo sciacquone:** Spülung, Abzug.
7 **Le notti di Salem:** Horrorroman von Stephen King (*Salem's Lot*, 1975, dt. Titel *Brennen muss Salem*).
8 **far(si) fuori** (fam.): vernichten; hier: vertilgen.
10 **il sopravvissuto / la sopravvissuta:** Überlebende(r).
alieno/a: außerirdisch.
11 **sterminare:** ausrotten.
16 **ignoto/a:** unbekannt.

 farsi fuori : vertilgen

Ho tirato fuori dallo zaino i vestiti e due confezioni di spray autoabbronzante. Mi sono infilato gli occhiali da sole e il cappello e mi sono spruzzato quella roba in faccia e sulle mani.

Poi, tutto unto, mi sono arrampicato su un comò e ho poggiato il cellulare sulla finestra, dove arrivava a due tacche.

Ho aperto un barattolo di carciofini e me ne sono fatti fuori cinque.

Questa sì che era una vacanza, altro che Cortina.

Lo squillo del telefono mi ha risvegliato da un sonno senza sogni.

La cantina era buia. A tastoni ho raggiunto il cellulare e in bilico su uno scatolone ho cercato di avere la voce squillante. – Mamma!

– Allora come va?

1f. **la confezione:** Packung.
2 **autoabbronzante** (agg.): selbstbräunend, Selbstbräunungs…
infilare (fam.): anziehen; hier: aufsetzen.
3 **spruzzare:** spritzen, sprühen.
5 **unto/a:** verschmiert, klebrig.
il comò: Kommode.
7 **la tacca:** (Mess-)Strich, Anzeige der Ladestufe.
8 **il carciofino** (dim.): Artischockenherz (*il carciofo:* Artischocke).
10 **altro che** (invar.): von wegen, wieso.
13 **a tastoni** (avv.): tastend.
14 **in bịlico** (avv.): schwankend stehend (*il bịlico:* schwankendes Gleichgewicht).
15 **squillante** (agg.): kräftig, durchdringend.

– Benissimo!

– Dove sei?

Che ore erano? Ho guardato lo schermo del cellulare. Le otto e mezzo. Avevo dormito un sacco.

– Sono in pizzeria.

– Ah … Dove?

– Sul corso … – Non ricordavo il nome della pizzeria dove andavamo sempre a mangiare con la nonna.

– La Pedavena?

– Esatto.

– Com'è andato il viaggio?

– Perfetto.

– E il tempo com'è?

– Ottimo … – Forse stavo esagerando. – Buono. Non c'è male.

– Neve?

Quanta neve ci poteva essere? – Ce n'è un po'.

– Tutto bene? Hai una voce strana.

– No. No. Tutto bene.

– Passami la mamma di Alessia così la saluto.

– Non c'è. Siamo solo noi. La mamma di Alessia è a casa.

Silenzio. – Ah … Domani però ti chiamo e mi ci fai parlare. Sennò fammi chiamare tu.

– Va bene. Adesso però ti devo lasciare che sono arrivate le pizze –. E poi rivolgendomi a un came-

14 **esagerare:** übertreiben.
26 **rivọlgersi a qu:** sich an jdn. wenden.

riere immaginario: – A me … A me quella con il prosciutto.

– D'accordo. Ci sentiamo domani. Lavati, mi raccomando.

– Ciao.

– Ciao tesoro. Divertiti.

Non era andata male, me l'ero cavata. Soddisfatto ho acceso la playstation per giocare un po' a *Soul Reaver.* Ma continuavo a riflettere sulla telefonata. Mamma non avrebbe mollato, la conoscevo troppo bene. Quella se non parlava con la madre di Alessia poteva pure partire per Cortina. E se le raccontavo che la signora Roncato sciando si era rotta una gamba e stava all'ospedale? No, dovevo trovare qualcosa di meglio. Ora però non mi veniva.

L'odore d'umidità cominciava a darmi fastidio. Ho aperto la finestra. La testa mi passava giusta giusta attraverso le sbarre.

Il giardino della Barattieri era coperto da un tappeto di foglie marce. Un lampione spandeva una luce fredda che cadeva sul cancello nascosto

1 **immaginario/a:** ausgedacht, vorgeblich.
3 f. **mi raccomando:** denk(t) dran, nicht vergessen!
8 f. **Soul Reaver:** Konsolen-, Computerspiel.
9 **riflettere:** nachdenken.
15 **meglio** (fam.): hier: *migliore.*
16 **l'odore:** Geruch (*odorare:* riechen).
18 **la sbarra:** Schranke, Stange; hier: Gitterstab.
20 **il lampione:** Straßenlaterne.
spandere: verbreiten.

dall'edera. Attraverso il verde riuscivo a intravvedere il cortile. La Mercedes di mio padre non c'era. Doveva essere andato a cena fuori o a giocare a bridge.

Sono tornato a letto.

Mamma era tre piani sopra di me e sicuro stava stesa sul divano con i bassotti arrotolati sui piedi. Sul tavolino il vassoio con il latte e il ciambellone. Si sarebbe addormentata lì, davanti a un film in bianco e nero. E mio padre, tornando, l'avrebbe svegliata e portata a letto.

Mi sono messo le cuffie e Lucio Battisti ha cominciato a cantare *Ancora tu.* Me le sono tolte.

Odiavo quella canzone.

1 **l'ẹdera:** Efeu.
1 f. **intravvedere:** flüchtig sehen, erkennen.
3 **la cena:** Abendessen.
8 **il vassoio:** Tablett.
il ciambellone (accr.): Kranzkuchen (*la ciambella:* [gebackener] Kranz).
13 **Ancora tu:** Titel eines Schlagers von Lucio Battisti, berühmter italienischer Schlagersänger und -komponist (1943–98).

4

L'ultima volta che avevo sentito *Ancora tu* ero in macchina con la mamma. Stavamo fermi in fila su corso Vittorio. Una manifestazione aveva bloccato piazza Venezia, e come calore l'ingorgo si era irraggiato, paralizzando il traffico del centro storico.

Avevo passato la mattina nella galleria d'arte di mia madre ad aiutarla a sistemare i quadri di un artista francese che avrebbe inaugurato la settimana successiva. Mi piacevano quelle enormi fotografie di gente che mangiava sola in ristoranti affollati.

I motorini facevano slalom tra le macchine ferme. Sopra i gradini di una chiesa dormiva un barbone imbustato dentro un sacco a pelo lercio. Sacchi

4 **corso Vittorio:** Corso Vittorio Emanuele, Hauptstraße im Zentrum von Rom.
5 **piazza Venezia:** Platz im Zentrum von Rom.
l'ingorgo: Verkehrsstau.
5f. **irraggiarsi:** sich ausbreiten.
6 **paralizzare:** lähmen.
9 **inaugurare:** eröffnen.
14f. **il barbone:** Stadtstreicher, Penner.
15 **imbustare:** hineinstecken, stopfen.
il sacco a pelo: Schlafsack.
lercio/a: dreckig, schmutzig.

della spazzatura gli fasciavano la testa. Sembrava una mummia egizia.

– Uffa! Ma che sta succedendo? – Mia madre si è attaccata al clacson. – Non si sopporta più questa città … Ti piacerebbe vivere in campagna?

– Dove?

– Non lo so … in Toscana, per esempio.

– Noi due?

– Papà verrebbe i week-end.

– E se la comprassimo a Komodo?

– Dov'è Komodo?

– È un'isola molto lontana.

– E perché dovremmo andare a vivere lì?

– Ci sono i draghi di Komodo. Sono delle lucertole enormi che possono mangiarsi pure una capra viva o un uomo con problemi articolari. E vanno velocissimi. Potremmo addomesticarli. E usarli per difenderci.

– Da chi?

– Da tutti.

1 **fasciare:** umwickeln, umgeben.
2 **la mummia:** Mumie.
3 **uffa!** (fam.): puh!
3f. **attaccarsi a qc:** an etwas hängenbleiben; hier: sich an etwas hängen.
10 **Komodo:** indonesische Insel, Siedlungsgebiet des Komodowaran (Echsenart).
14 **il drago:** Drache.
16 **articolare** (agg.): Gelenk…
17 **addomesticare:** zähmen, abrichten.

Mia madre ha sorriso e ha aumentato il volume dell'autoradio e si è messa a cantare insieme a Lucio Battisti: – Ancora tu. Non mi sorprende lo sai …

Anche io mi sono messo a cantare e quando è arrivata la strofa: – Amore mio, hai già mangiato o no? Ho fame anch'io e non soltanto di te, – le ho preso la mano come un amante disperato.

Mia madre rideva e scuoteva la testa. – Che scemo … Che scemo …

Mi sono accorto di essere felice. Il mondo oltre i finestrini e io e mamma in una bolla nel traffico. La scuola non c'era più, i compiti nemmeno e tutti i miliardi di cose che avrei dovuto fare per diventare grande.

Ma a un tratto mia madre ha abbassato la radio. – Guarda quel vestito in quella vetrina. Che ne dici?

– Bello. Forse è un po' discinto?

Mi ha guardato sorpresa. – Discinto?! Da quando usi questa parola?

– L'ho sentita in un film. C'era una che dicevano che aveva un vestito discinto.

– Ma sai che vuol dire?

– Certo, – ho detto io. – Che fa vedere troppo.

– Non mi pare che quel vestito fa vedere troppo.

1 **il volume:** hier: Lautstärke.
5 **la strofa:** Strophe.
8 **scuotere:** schütteln.
15 **a(d) un tratto:** plötzlich.
16 **la vetrina:** Schaufenster.
17 **discinto/a** (lett.): offenherzig, ausgeschnitten.

– Forse no.

– Lo provo?

– Va bene.

E come per magia, davanti a noi un fuoristrada ha liberato un parcheggio. Con una sterzata d'istinto mia madre ha fatto per infilarsi nel posto libero.

Un colpo secco contro la carrozzeria. Mamma ha schiacciato il pedale del freno e mollato la frizione. Io sono schizzato in avanti, ma la cintura di sicurezza mi ha trattenuto alla poltrona. La macchina si è spenta singhiozzando.

Ho girato la testa. Una Smart gialla era appiccicata alla portiera posteriore della Bmw.

Ci era venuta addosso.

– Nooo. Che palle! – ha sbuffato mia madre abbassando il finestrino per vedere i danni.

4 **la magịa:** Zauberei, Magie.
il fuoristrada (invar.): Geländewagen.
5 **la sterzata:** Lenkbewegung (*lo sterzo:* Steuerrad).
5 f. **d'istinto** (avv.): instinktiv.
6 **fare per fare qc:** gerade etwas tun wollen.
7 **la carrozzerịa:** (Auto-)Karosserie.
8 **il pedale:** Pedal.
la frizione: Kupplung.
10 **la poltrona:** hier: Sitz.
11 **singhiozzare:** schluchzen; hier: sich ruckartig vorwärtsbewegen.
12 f. **appiccicare:** an-, festkleben.
13 **posteriore** (agg.): hintere(r), Heck…
14 **venire addosso:** hier: auffahren.
15 **che palle!** (fam.): Mist! (*le palle* [fam.]: Hodensack).
sbuffare: schnaufen, stöhnen.

Anch'io mi sono sporto. Sulla fiancata della Bmw neanche un graffio e nemmeno sul muso da bulldog della Smart. Dietro il vetro della macchinetta era appoggiato un millepiedi di peluche bianco e azzurro con scritto LAZIO. Poi mi sono accorto che alla Smart mancava lo specchietto sinistro. Dal buco dove una volta era attaccato pendevano fili elettrici colorati. – Lì, mamma.

Lo sportello si è spalancato e ha estroflesso il tronco di un uomo che doveva essere alto un metro e novanta e largo ottanta centimetri.

Mi sono chiesto come facesse a entrare in quella scatoletta. Sembrava un paguro che allunga la testa e le chele fuori dalla conchiglia. Aveva gli occhi piccoli e azzurri, un frangettone corvino,

1 **la fiancata:** Seitenteil, Seite.
2 **il graffio:** Kratzer.
il muso (fam.): Schnauze; hier: Vorderteil.
3 **il bulldog** (ingl.): Bulldogge.
4 **il millepiedi:** Tausendfüßler.
il peluche (fr.): Plüsch.
5 **Lazio:** S. S. (Società Sportiva) Lazio, römischer Fußballverein (*il/la laziale:* Lazio-Fan).
6 **lo specchietto** (dim.): (Auto) Außenspiegel.
9 **estroflẹttere** (lett.): freigeben, Platz machen.
10 **il tronco:** Stamm, Rumpf, Oberkörper.
13 **il paguro:** Einsiedlerkrebs.
14 **la chela:** (Krebstier) Schere.
la conchiglia: Muschel; hier: Gehäuse.
15 **corvino/a:** pech-, rabenschwarz (*il corvo:* Rabe).

una dentatura equina e l'abbronzatura color cacao.

– Che è successo? – gli ha domandato mia madre mortificata.

Il tipo è sceso e si è accucciato accanto allo specchietto. Lo guardava con un'espressione sofferente e dignitosa nello stesso tempo, come se lì a terra non ci fosse un pezzo di plastica e vetro, ma il corpo di sua madre trucidato. Non lo toccava nemmeno, come fosse un cadavere che aspetta la scientifica.

– Che è successo? – ha ripetuto con tono calmo mia madre, sporgendo la testa dal finestrino.

Quello non si è voltato nemmeno, ma ha risposto: – Che è successo?! Vuoi sapere che è successo? – Aveva una voce rauca e profonda, come se parlasse attraverso un tubo di plastica. – E allora scendi da quella macchina e vieni a vedere!

– Stai qua, – mi ha detto mamma guardandomi

1 **la dentatura:** Gebiss.
equino/a: Pferde…
l'abbronzatura: gebräunte Haut, Bräunung.
4 **mortificato/a:** peinlich berührt.
5 **accucciarsi:** sich niederkauern.
7 **dignitoso/a:** würde-, respektvoll.
9 **trucidare:** niedermetzeln.
10 **il cadavere:** Leiche.
11 **la (polizia) scientifica:** Spurensicherung.
14 **voltarsi:** sich umdrehen.
16 **rauco/a:** rauh, heiser (auch: *roco/a*).

negli occhi, si è slacciata la cintura di sicurezza ed è uscita dalla macchina.

Attraverso il vetro ho visto il suo tailleur color albicocca macchiarsi di pioggia.

Alcuni pedoni, sotto gli ombrelli, si sono fermati a guardare. Le macchine intorno a noi cercavano, strombazzando, di superare l'ostacolo come formiche di fronte a una pigna. A una trentina di metri un autobus ha preso a suonare.

Io, in macchina, vedevo gli sguardi della gente su mia madre. Ho cominciato a sudare e a sentire il respiro che mi mancava.

– Forse ci dovremmo spostare, – ha suggerito mia madre a quello. – Il traffico, sa …

Ma quello non sentiva, continuava a fissare il suo specchietto come se con la forza della mente avesse potuto riunirlo all'auto.

Allora mia madre si è avvicinata e con un leggero senso di colpa e finta partecipazione gli ha domandato: – Ma com'è successo?

1 **slacciare:** lösen, aufmachen.
3 **il tailleur** (fr.): Kostüm.
4 **macchiarsi:** fleckig werden.
5 **il pedone / la pedona:** Fußgänger(in).
7 **strombazzare:** laut hupen.
l'ostạcolo: Hindernis.
8 **la pigna:** Pinienzapfen.
10 **lo sguardo:** Blick.
13 **spostarsi:** rücken, Platz machen.
suggerire: vorschlagen.
14 **quello** (fam.): hier: *quello lì.*

La pioggia mischiandosi con il gel aveva reso luccicanti le ciocche dell'uomo, rivelando un principio di calvizie proprio al centro del cranio.

Non avendo ricevuto risposta, mia madre ha aggiunto più piano: – È grave?

Il tipo, finalmente, ha piegato la testa e per la prima volta ha realizzato che il colpevole di quell'orrore era lì, accanto a lui. Ha squadrato dall'alto in basso la mamma, poi ha dato un'occhiata alla nostra macchina e ha tirato fuori un sorrisetto.

Lo stesso sorrisetto cattivo che avevano Varaldi e Ricciardelli quando mi osservavano seduti sui motorini. Il sorrisetto del predatore che ha inquadrato la preda.

Dovevo avvertirla.

Il laziale ha sollevato lo specchietto come fosse

1 **il gel:** Haargel.
2 **luccicante** (agg.): glänzend.
la ciocca: Haarsträhne.
rivelare: enthüllen, zum Vorschein bringen.
2f. **il principio:** Beginn.
3 **la calvizie:** Kahlköpfigkeit, Glatze.
il cranio: Schädel.
7 **il/la colpẹvole:** der, die Schuldige, Verursacher(in).
7f. **l'orrore** m.: Schrecken.
8 **squadrare:** mustern.
10 **tirar(e) fuori** (fam.): hervorholen; hier: aufsetzen.
il sorrisetto (dim.): kleines Lächeln (*il sorriso:* Lächeln).
13f. **inquadrare:** ausmachen, ins Visier nehmen.
14 **la preda:** Beute.
15 **avvertire:** benachrichtigen; hier: warnen.
16 **sollevare:** aufheben.

un pettirosso con un'ala spezzata. – Forse per te non è grave. Per me sì. L'ho appena ritirata dal carrozziere. Sai quanto costa questo specchietto?

Mia madre ha fatto no con la testa. – Tanto?

Io mi passavo le mani nei capelli. Non doveva scherzare con quello. Doveva chiedergli scusa. Dargli i soldi e finirla lì.

– Il quarto dello stipendio di un cameriere. Ma tu che ne sai ... Tu questi problemi non li hai.

Dovevo alzarmi, uscire dalla macchina, prenderla per una mano e scappare via, ma stavo svenendo.

Mia madre scuoteva la testa sbigottita: – Guardi che è lei che mi è venuto addosso ... È colpa sua.

Ho visto il laziale vacillare leggermente, chiudere e riaprire gli occhi come per cercare di assorbire la mazzata appena ricevuta. Le narici gli fremevano come ai cani da tartufo. – È colpa mia? Chi? Io? Io ti sono venuto addosso? – Poi si è alzato in pie-

1 **il pettirosso:** Rotkehlchen.
2f. **il carrozziere:** Autowerkstatt.
11 **scappare:** wegrennen, abhauen.
13 **sbigottito/a:** bestürzt, betroffen.
16 **vacillare:** wanken.
17 **assorbire:** abwehren.
18 **la mazzata:** (Keulen-)Schlag.
la narice: Nasenloch, Nüster.
18f. **fremere:** zittern, beben.
19 **il tartufo:** Trüffel.

di, ha allargato le braccia e ha grugnito: – Che cazzo stai dicendo, troia?

Aveva chiamato mia madre troia.

Ho provato a slacciare la cintura ma le mani mi formicolavano come se fossero addormentate.

Mamma si sforzava di sembrare sicura di sé. Era scesa subito dalla macchina, sotto la pioggia, gentile, disposta ad assumersi le colpe, se le aveva commesse, non aveva fatto niente di male e un tipo che non aveva mai visto in vita sua l'aveva appena chiamata troia.

Troia. Troia. Troia. Me lo sono ripetuto tre volte, assaggiando il doloroso disprezzo di quella parola. Nessuna gentilezza, cortesia, rispetto, niente.

Dovevo ucciderlo.

Ma dov'era finita la rabbia? Il fluido rosso che mi riempiva quando qualcuno mi infastidiva? La furia che mi faceva partire a testa bassa? Ero una pila scarica. Sopraffatto dalla paura, non riu-

1 **allargare:** ausbreiten.
grugnire: knurren, grunzen.
1 f. **cazzo** (avv., volg.): zum Teufel (*il cazzo* [volg.]: Schwanz).
2 **la troia** (volg.): (Dreck-)Sau, Nutte.
5 **formicolare:** wimmeln; hier: kribbeln.
6 **sforzarsi:** sich bemühen, anstrengen.
13 **assaggiare:** abschmecken, (ver)kosten.
doloroso/a: schmerzlich.
il disprezzo: Verachtung.
14 **la cortesịa:** Höflichkeit.
18 **la furia:** rasende Wut.
19 **sopraffare qu:** überwältigen.

scivo nemmeno a slacciare la cintura di sicurezza.

– Perché? Che ho fatto? – ha detto mia madre come se l'avessero colpita al petto, ha barcollato ed è riuscita a poggiarsi una mano sullo sterno.

– Amore? Bellezza? – Dal finestrino della Smart spuntava il volto rotondo di una ragazzotta riccia, con un paio di occhiali verdi e il rossetto viola. Io non l'avevo nemmeno vista. – Tesoro, lo sai cosa sei? Sei solo una stronza in Bmw. Ci sei venuta addosso tu. Noi avevamo visto il posto prima di te.

Il laziale intanto indicava mamma con la mano a paletta. – Solo perché sei una fighetta secca impaccata di soldi credi di poter fare come cazzo ti pare. Il mondo è tuo, eh?

La riccia dentro la Smart ha preso a battere le mani. – Grande Teodoro. Digliene quattro a 'sta troia.

4 **barcollare:** schwanken, taumeln.
5 **lo sterno:** Brust(bein).
7 **il volto:** Gesicht.
il ragazzotto / la ragazzotta (dim.): plumpe(r) junge(r) Frau, Mann.
7 f. **riccio/a:** kraus, lockig.
8 **il rossetto:** Lippenstift.
9 **il tesoro** (fig.): Schatz, Herzchen.
14 **la paletta:** Schaufel.
la fighetta (dim., volg.): Tussi (*figo/a [fico/a]:* toll, geil).
14 f. **impaccato/a:** bepackt, eingepackt; hier (fig.): vollgestopft.
18 **quattro (parole):** ein paar passende Worte.
'sto/a (rom.): *questo/a*.

Dovevo reagire, ma pensavo solo al fatto che quello si chiamava Teodoro e io non conoscevo nessuno con quel nome.

Respiravo per togliermi quel pensiero cretino dalla mente. Le orecchie e il collo mi erano diventati bollenti e mi girava la testa.

Forse Teo, il vecchio cocker di quella del primo piano, si chiamava in realtà Teodoro.

Dovevo andarmene subito. Io non c'entravo niente con tutta quella storia, le avevo detto che il vestito era discinto e se avesse ascoltato me …

Ho slacciato la cintura, ma non riuscivo a muovermi.

Ero seduto su un gigante di pietra che mi abbracciava e non mi lasciava andare.

Ho guardato verso il marciapiede sperando che qualcuno ci aiutasse. I passanti erano una schiera di sagome sfocate.

Il laziale ha afferrato il polso di mia madre e l'ha strattonata. – Vieni a vedere, bella. Vieni a vedere che hai fatto.

Mamma ha perso l'equilibrio ed è caduta.

La voce acuta della donna: – Teo! Teo! Lasciala

5 **la mente:** Sinn, Kopf.
7 **il cocker:** Cockerspaniel.
14 **il gigante:** Riese.
19 **il polso:** Handgelenk.
20 **strattonare:** (ruckartig) ziehen.
22 **l'equilibrio:** Gleichgewicht.

perde', è tardi. Tanto non capisce. 'Sta borghese di merda.

Mia madre era stesa sui sampietrini con una calza smagliata. I sampietrini sporchi di qualsiasi cosa. A Roma non puliscono le strade. La cacca infetta dei piccioni. Era stesa accanto alla ruota della macchina, il tipo sopra di lei.

Ora le sputa addosso, ho pensato.

Ma quello si è limitato a dire: – E ringrazia iddio che sei una donna. Sennò a quest'ora …

Cosa le avrebbe fatto a quest'ora se non fosse stata una donna?

Mamma ha chiuso gli occhi e io ho sentito che il gigante mi stringeva fra le sue braccia di pietra levandomi il fiato e poi con un salto sfondava il tetto della macchina e io e lui volavamo oltre quella gente, oltre il laziale, oltre mia madre stesa sui sampietrini, oltre il traffico, oltre i tetti affollati di corvi, oltre le guglie delle chiese.

E sono svenuto.

1 **perde'** (rom.): *perdere*.
il/la borghese: (Wohlstands-)Bürger(in).
3 **il sampietrino:** römischer Pflasterstein.
4 **smagliato/a:** mit Laufmasche(n).
5 **la cacca** (fam.): Kacke.
infetto/a: giftig, verseucht.
6 **il piccione:** Taube.
9 **limitarsi:** sich beschränken, begnügen.
15 **sfondare:** eindrücken.
19 **la guglia:** Fiale, spitzes (Turm-)Element.

5

Alle nove il sole filtrava attraverso i vetri sporchi in fasci dorati. Forse era il calore dei tubi del riscaldamento, ma in quel posto facevi fatica a rimanere sveglio.

Ho sbadigliato e in mutande e maglietta sono andato in bagno a lavarmi i denti.

Le ascelle per ora resistevano. Non mi faceva impazzire l'idea di sciacquarmi con l'acqua fredda e poi potevo pure puzzare, tanto chi mi doveva odorare. Mi sono spruzzato l'autoabbronzante e mi sono preparato un panino con la nutella.

Ho deciso che avrei dedicato qualche ora a esplorare la cantina. Tutta quella roba apparteneva alla precedente proprietaria del nostro apparta-

3 **il fascio:** (Strahlen-)Bündel.
dorato/a: golden (schimmernd).
il calore: Wärme, Hitze.
4 **fare fatica a fare qc:** mit etwas Mühe haben (*la fatica:* Anstrengung, Mühe).
8 **l'ascella:** Achsel.
8f. **fare impazzire qu** (fig.): jdn. begeistern, (fam.) vom Hocker reißen.
9 **sciacquarsi:** sich abspülen, waschen.
10 **tanto:** denn (überhaupt).
14 **esplorare:** erforschen.
15 **precedente** (agg.): vorherig, vorausgehend.

mento, la contessa Nunziante, che era morta senza parenti. Mio padre aveva comprato la casa con tutti i mobili e le sue cose e li aveva accatastati lì.

Dentro i cassetti di un vecchio comò scuro ho trovato vestiti colorati, quaderni pieni di conti, settimane enigmistiche risolte, scatole piene di puntine, di fermagli, di penne stilografiche, di pietre trasparenti, di pacchetti di Muratti, di bottigliette di profumo vuote, di rossetti secchi. C'erano anche mazzi di cartoline. Cannes, Viareggio, Ischia, Madrid. Posate d'argento annerite. Occhiali da vista. Ho trovato pure una parrucca bionda che mi sono messo in testa e poi ho infilato una vestaglia di seta arancione. Ho cominciato a girare per la cantina come fosse il salone di un castello. – Buonasera duca, sono la contessa Nunziante. Ah, c'è anche lei

1 **il conte / la contessa:** Graf, Gräfin.
3 **accatastare:** aufhäufen.
5 **colorato/a:** bunt, vielfarbig.
5f. **la settimana enigmistica:** Kreuzworträtselheft.
6 **risolvere:** (auf)lösen.
6f. **la puntina** (dim.): Reißnagel.
7 **il fermaglio:** Heftklammer.
la penna stilografica: Kugelschreiber.
8 **Muratti:** Zigarettenmarke.
10 **il mazzo:** hier: Stapel.
11 **annerire:** (schwarz) anlaufen.
12 **la parrucca:** Perücke.
13 **la vestaglia:** Morgenrock, -mantel.
14 **arancione** (agg. invar.): orangefarben.
15 **come fosse:** *come se fosse.*
15f. **il duca / la duchessa:** Herzog(in).

contessa Sinibaldi. Sì, questa festa è un po' noiosa e non ho visto ancora il marchese Cercopiteco. Sarà mica finito nella fossa dei coccodrilli?

Sotto una pila di mobili c'era una lunga cassapanca dipinta con fiori rossi e verdi che sembrava una cassa da morto.

– Qui giace il povero Goffredo. Si è mangiato una cotoletta alla milanese avvelenata.

Il cellulare ha cominciato a squillare.

Ho sbuffato: – E no! Che palle! Mamma, per favore … Lasciami in pace.

Ho cercato di ignorarlo, ma non ci riuscivo. Alla fine non ce l'ho fatta più e mi sono arrampicato fino alla finestra. Sul display c'era un numero che non conoscevo. Chi era? A me tranne mamma, Nihal, la nonna e qualche volta papà non mi chiamava nessuno. Sono rimasto a fissare il cellulare indeciso. Alla fine, troppo curioso, ho risposto. – Pronto?

– Pronto Lorenzo. Sono Olivia.

2 **il marchese / la marchesa:** Markgraf (-gräfin), Marquis(e).
2f. **sarà mica:** er wird doch nicht etwa.
3 **la fossa:** Graben, Grube.
4f. **la cassapanca:** (Sitz-)Truhe.
6 **la cassa da morto:** Sarg.
7 **giacere:** liegen, ruhen.
8 **la cotoletta alla milanese:** Wiener Schnitzel.
avvelenare: vergiften.
12 **ignorare:** hier: (bewusst) ignorieren.
14 **il display** (ingl.): Display, (elektronische) Anzeige.

Ci ho messo qualche istante a capire che era quella Olivia … Olivia, la mia sorellastra. – Sì. Ciao …

– Come stai?

– Bene, grazie, e tu?

– Bene. Scusami se ti disturbo. Mi ha dato il tuo numero zia Roberta. Senti, ti volevo chiedere una cosa … Sai se tua madre e papà sono a casa?

Una trappola!

Dovevo stare attento. Forse mamma aveva capito qualcosa e usava Olivia per scoprire dov'ero veramente. Ma Olivia e mamma, che io sapessi, non si parlavano. – Non lo so … Sono in settimana bianca.

– Ah … – La voce era delusa. – Be' ti starai divertendo.

– Sì.

– Dimmi una cosa, Lorenzo. Ma di solito, a quest'ora, tuo padre e tua madre sono in casa?

Ma che domande faceva? – Papà a quest'ora è al lavoro. E mamma alle volte va in palestra o alla galleria. Dipende.

Silenzio. – Ho capito. E se non ci sono loro, c'è qualcuno?

– C'è Nihal.

2 **la sorellastra:** Stief-, Halbschwester.
9 **la trappola:** Falle.
12 **che io sapessi:** meines Wissens.
15 **be'** (fam.): *bene*.

– Chi è Nihal?

– Il cameriere.

– Ah. Bene. Senti, mi fai un favore?

– Dimmi.

– Non dire a nessuno che ti ho chiamato.

– Va bene.

– Promettimelo.

– Te lo prometto.

– Bravo. Divertiti a sciare. C'è neve?

– Un po'.

– Allora ti saluto. E mi raccomando, acqua in bocca.

– Va bene. Ciao –. Ho chiuso e mi sono tolto la parrucca cercando di capire che voleva quella da me. E perché voleva sapere se c'erano papà e mamma? Perché non li chiamava? Ho sollevato le spalle. Non erano affari miei. Comunque, se era una trappola non mi aveva fregato.

L'unica volta che avevo visto la mia sorellastra Olivia era stato a Pasqua del 1998.

Io avevo dodici anni e lei ventuno. Le volte prima non contano. Un paio di estati le avevamo passate insieme a Capri nella villa di nonna Laura, ma ero troppo piccolo per ricordarmelo.

Olivia era figlia di mio padre e di una stronza di

2 **il cameriere / la cameriera:** hier: Hausangestellte(r).
11 f. **acqua in bocca** (inter.): kein Wort!
17 **l'affare** m.: Angelegenheit.

Como che odiava la mamma. Una dentista con cui si era sposato mio padre prima che io nascessi. A quel tempo lui viveva a Milano con la dentista e aveva avuto Olivia. Poi avevano divorziato e papà aveva sposato la mamma.

Mio padre non parlava volentieri di sua figlia. Ogni tanto l'andava a trovare e tornava sempre di cattivo umore. Da quello che avevo potuto capire, Olivia era pazza. Faceva finta di fare la fotografa ma combinava casini. Al liceo era stata bocciata ed era scappata di casa un paio di volte e poi era stata fidanzata a Parigi con Faustini, il commercialista di mio padre.

Tutte queste cose le avevo capite a pezzi e bocconi perché i miei non parlavano di Olivia davanti a me. Ma alle volte, in macchina, succedeva che si dimenticavano che c'ero e allora si lasciavano sfuggire qualcosa.

Due giorni prima di Pasqua eravamo andati a trovare mio zio che abitava a Campagnano. Durante il viaggio papà aveva detto a mamma di aver invitato a pranzo Olivia per convincerla ad andare in

4 **divorziare:** sich scheiden lassen.
8 **l'umore** m.: Laune.
12 **il/la commercialista:** Steuerberater(in).
14 f. **a pezzi e bocconi:** scheibchenweise (*il boccone:* Bissen).
17 f. **sfuggire:** entschlüpfen, herausrutschen.
20 **Campagnano:** Gemeinde in der Provinz Rom.
22 **convincere:** überzeugen, überreden.

Sicilia. Lì c'erano dei preti e l'avrebbero chiusa in un bel posto pieno di alberi da frutta, orti e cose da fare.

Mi aspettavo che Olivia fosse brutta e con il viso antipatico come le sorellastre di Cenerentola e invece era incredibilmente bella, una di quelle ragazze che appena le guardi ti si infuoca la faccia e tutti capiscono che la trovi bella e se ti parla non sai che fare con le mani, non sai neppure come sederti. Aveva tantissimi capelli ricci e biondi che le ricadevano sulla schiena, gli occhi grigi ed era tutta spruzzata di lentiggini come me. Era alta e aveva due tette grandi e larghe. Poteva essere la regina di un regno medievale.

Durante la cena aveva parlato appena. Dopo, lei e papà si erano chiusi nello studio. Se n'era andata via senza salutare nessuno.

Sono restato un po' di tempo a ripensare a quella strana telefonata, poi mi sono detto che avevo un problema ben più grave da risolvere. Il mio. Con un'altra scheda telefonica avrei potuto mandare un

5 **antipạtico/a:** unsympathisch.
Cenerẹntola: Aschenputtel.
7 **infuocarsi:** feuerrot werden.
10f. **ricadere:** hier: *cadere*.
14 **il regno:** Königreich.
medievale (agg.): mittelalterlich.
21 **la scheda telefọnica:** Telefonkarte.

messaggio a mia madre facendo finta di essere la madre di Alessia. Ma non sarebbe bastato. Mamma ci voleva parlare.

Ho recitato in falsetto. – Salve signora, sono … la madre di Alessia … volevo dirle che suo figlio sta benissimo e si diverte tanto. Arrivederci.

Terribile. Mi avrebbe riconosciuto al volo.

Ho preso il cellulare e ho scritto:

Mamma siamo in un rifugio in alta montagna. Il cellulare non prende. Ti chiamo domani. Ti voglio bene.

E così ho guadagnato un giorno.

Ho spento il telefono, ho cancellato mia madre dalla testa, mi sono buttato sul letto, mi sono messo le cuffie e ho giocato a *Soul Reaver.* Mi sono trovato davanti a un boss così difficile che per la rabbia di non riuscire a batterlo ho spento la playstation e mi sono preparato un panino con la maionese e i funghetti sott'olio.

Come stavo bene. Se mi portavano cibo e acqua ci avrei passato il resto della vita. E ho capito che

1 **il messaggio:** Botschaft (*il messaggino* [dim.]: SMS).
4 **il falsetto:** Falsett, hohe Stimmlage.
salve (fam.): hallo, guten Tag.
7 **al volo** (avv.): im Flug, sofort.
10 **non prẹndere (la linea):** (Telefon) keinen Empfang haben.
20 **il cibo:** Essen.

se finivo in isolamento in prigione ci sarei stato in grazia di Dio.

La mosca, finalmente, aveva trovato la tana dove essere se stessa e quasi quasi si schiacciava un pisolino.

Ho aperto gli occhi di colpo.

Stavano armeggiando con la serratura della porta.

Nemmeno una volta mi aveva sfiorato la possibilità che qualcuno potesse entrare in cantina.

Continuavo a fissare la porta, ma non riuscivo a muovermi, come se fossi appiccicato al letto. La trachea mi si era tappata e facevo fatica a respirare.

Con uno slancio improvviso, come se mi fossi liberato da una ragnatela, mi sono buttato giù dal letto e con il ginocchio sinistro ho colpito lo spigolo del comodino e a denti stretti, ingoiando un urlo di dolore, zoppicando, mi sono infilato nello spazio tra l'armadio e il muro. Da lì, graffiandomi le gam-

1 f. **in grazia di Dio:** im Zustand der Gnade, hier: selig.
4 **schiacciare:** hier: abdrücken.
4 f. **il pisolino:** Nickerchen.
7 **armeggiare:** sich zu schaffen machen, herumhantieren.
8 **sfiorare** (fig.): (gedanklich) streifen.
12 **tappare:** verschließen.
13 **improvviso/a:** plötzlich.
14 **la ragnatela:** Spinnennetz.
15 **lo spigolo:** Ecke, Kante.
16 **stretto/a:** eng; hier: zusammengebissen.
ingoiare: hinunter-, verschlucken.
17 **zoppicare:** hinken, humpeln.

be, sono scivolato sotto un tavolo dove erano ammucchiati rotoli di tappeti. Mi ci sono allungato sopra mentre il sangue mi pulsava nei timpani.

Fuori, per fortuna, non riuscivano ad aprire. Quella serratura era vecchia e se spingevi fino in fondo la chiave, non girava.

E invece la porta si è spalancata.

Io mordevo la stoffa puzzolente del tappeto.

Da lì sotto vedevo solo uno spicchio di pavimento. Ho sentito i passi e poi sono apparsi dei jeans e degli stivali neri da cow-boy.

Nihal non possedeva stivali. Mio padre portava le Church's e d'estate i mocassini. Mia madre ne aveva un sacco, ma non così brutti. E il Cercopiteco solo vecchie scarpe da ginnastica sformate. Chi poteva essere?

Chiunque fosse avrebbe visto che la cantina era abitata. Era tutto lì. Il letto, il cibo, la televisione accesa.

Intanto gli stivali neri si aggiravano per la stanza

1 **scivolare:** gleiten, (aus)rutschen.
3 **pulsare:** pulsieren, pochen.
il timpano: (Ohr) Trommelfell.
8 **puzzolente** (agg.): stinkend.
11 **lo stivale:** Stiefel.
13 **le (scarpe) Church's:** (handgefertigte) Schuhe der Marke Church's.
il mocassino: leichter Halbschuh, Mokassin.
15 **sformato/a:** unförmig; hier: ausgetreten.
20 **aggirarsi:** umhergehen.

come se cercassero qualcosa. Si sono avvicinati al mio letto e si sono fermati.

Il proprietario degli stivali respirava con la bocca, come se avesse il raffreddore. Ha sollevato un barattolo dal tavolo e lo ha poggiato di nuovo. – C'è qualcuno? – Una voce femminile.

Ho stritolato tra i denti il tappeto. Se non mi scopre, mi sono detto, andrò a trovare quel giocherellone di mio cugino Vittorio tutti i giorni. Giuro su Dio che divento il suo migliore amico.

– Chi c'è qui?

Ho chiuso gli occhi e mi sono messo le mani sulle orecchie, ma comunque sentivo che camminava, spostava, cercava.

– Esci da lì. Ti ho visto.

Ho riaperto gli occhi. Una figura scura era seduta sul mio letto.

– Muoviti.

No, io non mi sarei mai mosso da là sotto nemmeno morto.

– Sei sordo? Esci fuori da lì.

Forse era meglio capire chi era. Mi sono tirato su e come un cane beccato con il muso nel frigorifero sono strisciato fuori.

7 **stritolare:** gewaltsam zerkleinern, in Stücke reißen.
8f. **il giocherellone** (accr.): großes Kind, Scherzbold.
14 **spostare:** hier: hin- und herstellen, -räumen.
21 **sordo/a:** taub.
24 **strisciare:** rutschen, kriechen.

Seduta sul letto c'era Olivia.

Era molto dimagrita e le erano usciti fuori gli zigomi squadrati. Aveva il volto tirato e stanco e i lunghi capelli biondi se li era tagliati corti. Sopra i jeans indossava una maglietta stinta con lo stemma delle Camel e un giaccone blu da marinaio.

Non era più bella come due anni prima.

Mi ha osservato perplessa. – Che fai qui?

Se c'era una cosa che odiavo era farmi vedere in mutande e in modo particolare dalle donne. Tutto imbarazzato ho preso da terra i pantaloni e me li sono infilati.

– Perché ti sei nascosto qui?

Non sapevo che dire. Ero così confuso che riuscivo a malapena a sollevare le spalle.

La mia sorellastra si è alzata e si è guardata attorno. – Lascia perdere, non mi interessa. Sto cercando uno scatolone che ho dato a mio ... a nostro padre. Il cameriere, su, mi ha detto che dovrebbe

2 **dimagrire:** abnehmen, -magern (auch *smagrire*).
2 f. **lo zigomo:** Wangenknochen.
3 **squadrato/a:** (vier)eckig.
tirato/a: abgespannt.
4 **tagliare:** (ab)schneiden.
5 **lo stemma:** Wappen, Logo.
6 **la (sigaretta) Camel:** Zigarettenmarke.
il giaccone (accr.): dicke Jacke.
8 **perplesso/a:** erstaunt.
14 **confuso/a:** verwirrt.
15 **a malapena** (avv.): kaum.

essere qui. Lui non poteva venire perché doveva stirare. Ma sarà stronzo?

Nihal in effetti era un po' stronzo con le persone che non conosceva bene. Aveva questo difetto di guardare tutti dall'alto in basso.

– È uno scatolone grande e sopra c'è scritto Olivia. Aiutami a trovarlo.

Mi sono messo a cercarlo d'impegno, tutto contento che alla mia sorellastra non fregasse nulla del perché stavo là dentro.

Ma di questo scatolone non c'era traccia, o meglio, ce n'erano tantissimi ma nessuno con scritto sopra Olivia.

La mia sorellastra scuoteva la testa. – Vedi come tuo padre ci tiene alle mie cose?

Ho detto sottovoce: – È pure tuo padre.

– Hai ragio ... – Olivia ha stretto il pugno in segno di vittoria. Sotto una consolle, proprio dietro la porta della cantina, c'era uno scatolone ricoperto di scotch con su scritto CASA DI OLIVIA FRAGILE.

– Eccolo qui. Guarda un po' dove l'avevano messo. Aiutami che pesa.

Lo abbiamo trascinato al centro della stanza.

2 **stronzo/a** (volg.): hier: fies, hinterhältig.
8 **d'impegno** (avv.): eifrig, beflissen.
17 **stringere:** (zusammen)pressen; hier: (Faust) ballen.
18 **la consolle:** Konsole, Ablage(brett).
20 **lo scotch** (fam.): Klebeband.
fragile (agg.): zerbrechlich.

Olivia si è seduta a gambe incrociate, ha tolto lo scotch e ha cominciato a tirare fuori libri, cd, vestiti, trucchi e a buttarli a terra. – Eccolo.

Era un libro bianco con la copertina tutta consumata. *Trilogia della città di K.*

Ha cominciato a sfogliarlo cercando qualcosa e parlando tra sé. – Cazzo, erano qui. Non ci posso credere. Quel bastardo di Antonio deve averli trovati –. Si è alzata di scatto. Gli occhi le sono diventati lucidi. Si è messa le mani sui fianchi, ha guardato il soffitto e come una furia ha cominciato a prendere a calci lo scatolone. – Vaffanculo! Vaffanculo! Ti odio. Pure questi ti sei preso. E ora come cazzo faccio?

Io la fissavo intimorito, ma non sono riuscito a trattenermi: – Che c'era dentro?

1 **incrociato/a:** gekreuzt, im Schneidersitz.
2 **il cd:** CD ([ingl.] *compact disc*).
3 **il trucco:** Schminke, (pl.) Schminksachen.
4f. **consumato/a:** abgegriffen.
5 **«Trilogia della città di K.»:** Aus dem Roman *Le grand cahier* (1986; dt. *Das große Heft*, 1987) hervorgegangene Trilogie von Ágota Kristóf (1935–2011).
6 **sfogliare:** durchblättern.
8 **il bastardo** (spreg.): Dreckskerl.
9 **di scatto** (avv.): ruckartig, plötzlich (*lo scatto:* knappe Bewegung, Schnappen, Schnellen).
10 **lucido/a:** glänzend.
il fianco: Seite, Hüfte.
12 **vaffanculo** (volg.): leck mich, Arschloch.
15 **intimorito/a:** furchtsam, eingeschüchtert (*il timore:* Furcht).

Si è seduta a terra e si è messa una mano sul volto. Ho pensato che stava per piangere.

Mi ha guardato. – Hai soldi?

– Cosa?

– Soldi. Ho bisogno di soldi.

– No. Mi dispiace –. In realtà li avevo, papà me li aveva dati per le spese in montagna ma volevo metterli da parte per comprarmi lo stereo.

– Dimmi la verità.

Ho scosso la testa e ho allargato le braccia. – Giuro. Non ne ho.

Lei mi ha osservato come per capire se stessi mentendo. – Fammi un favore. Rimetti tutto dentro e richiudi lo scatolone –. Ha aperto la porta della cantina. – Ciao.

Ho detto: – Senti.

Lei si è fermata. – Che c'è?

– Per favore, non dire a nessuno che sono qua. Nemmeno a Nihal. Se lo dici sono finito.

Olivia mi ha guardato senza vedermi, stava pensando a qualcos'altro, qualcosa che la preoccupava. Poi ha sbattuto le palpebre come per risvegliarsi. – Va bene. Non lo dico.

– Grazie.

8 **lo stereo** (fam.): *l'impianto stereo(fonico):* Stereoanlage.
13 **mentire:** lügen.
22 **sbattere:** (kräftig) bewegen; hier: zusammenkneifen, zwinkern.
la palpebra: Augenlid.

– Comunque hai la faccia arancione. Hai esagerato con l'autoabbronzante –. E ha chiuso la porta.

L'operazione bunker faceva acqua da tutte le parti. Mamma voleva parlare con la madre di Alessia. Olivia mi aveva beccato. E avevo pure la faccia fosforescente.

Continuavo a guardarmi allo specchio e a rileggere le istruzioni dell'autoabbronzante. Non diceva nulla di quanto tempo ci metteva ad andarsene via. Ho trovato un vecchio barattolo di Vim e me lo sono spalmato in faccia, e mi sono sdraiato sul letto.

L'unica cosa di cui ero sicuro era che Olivia non avrebbe detto nulla. Non sembrava il tipo che fa la spia.

Dopo dieci minuti mi sono lavato la faccia ma era arancione tale e quale.

Ho frugato nello scatolone di mia sorella. Tutto era stato buttato dentro alla rinfusa. C'erano so-

3 **l'operazione** f.: hier: Unternehmen, (militärische) Operation. **fare acqua da tutte le parti** (fam.): ein Fehlschlag zu werden drohen.
5f. **fosforescente** (agg.): phosphoreszierend, (im Dunkeln) leuchtend.
10 **il Vim:** Vim, Scheuerpulver.
11 **spalmare:** verteilen, verstreichen.
13f. **fare la spia** (fam.): jdn. verraten (*spiare:* spionieren, heimlich schauen).
16 **tale e quale** (invar.): (noch) genau so.
17 **frugare:** kramen, wühlen.
18 **alla rinfusa** (avv.): bunt durcheinander.

prattutto vestiti e scarpe. Un vecchio computer portatile. Una macchina fotografica senza obbiettivo. Un Buddha di un legno puzzolente. Dei fogli scritti con una scrittura tonda e grande. La maggior parte erano liste di cose da fare. Gli invitati a una festa ed elenchi della spesa. In una cartellina azzurra ho trovato delle fotografie di Olivia quando era ancora in forma. In una era stesa su un divano di velluto rosso e aveva addosso solo una camicia da uomo da cui si vedeva un pezzo di seno. In un'altra era seduta su una sedia e con la sigaretta in bocca si metteva le calze. Quella che mi piaceva di più era presa di schiena con la testa girata verso l'obbiettivo. Con una mano si reggeva una tetta. E aveva le gambe che non finivano mai.

Non ci dovevo nemmeno pensare. Olivia era mia sorella al cinquanta per cento.

Tra le foto ce n'era una più piccola, in bianco e nero. Mio padre, con i capelli lunghi, i jeans e una giacca di pelle, era seduto sulla bitta di un molo con una bambina, probabilmente Olivia, che mangiava un gelato sulle sue ginocchia.

2 **portạtile** (agg.): tragbar.
3 **il Buddha:** Buddhafigur.
6 **la cartellina:** Ordner, Mappe.
10 **il seno:** Busen.
14 **rẹggere:** halten.
20 **la bitta:** Poller, Metallpfosten.
il molo: Mole, Schiffsanlegestelle.

Sono scoppiato a ridere. Non avrei mai immaginato che mio padre da giovane si vestisse in quel modo orrendo. Io l'avevo sempre visto con i capelli brizzolati tagliati corti e un completo grigio con la cravatta e le scarpe con i buchi. Però lì, con quei capelli da tennista antico, sembrava felice.

C'era anche una lettera che Olivia aveva scritto a papà.

Caro papà,
ti scrivo per ringraziarti dei soldi. Ogni volta che mi tiri fuori dai casini usando le tue finanze mi domando: E se al mondo non esistesse il denaro come farebbe mio padre ad aiutarmi? E poi mi domando se sono i sensi di colpa o l'amore che provi per me che ti spinge a farlo. Sai che ti dico? Non lo voglio sapere. Sono stata fortunata ad avere un padre come te che mi lascia fare le mie esperienze e quando sbaglio, praticamente sempre, mi aiuta. Ora però basta, non voglio più che mi aiuti.

Io non ti sono mai piaciuta, ti sto antipatica, quando stai con me sei sempre troppo serio. Forse perché sono la prova vivente di una storia tutta sba-

3 **orrendo/a:** schrecklich, scheußlich.
4 **brizzolato/a:** (grau) gesprenkelt.
il completo: Anzug.
5 **i buchi:** hier: Lochmuster.
6 **il/la tennista:** Tennisspieler(in).
14 **provare:** empfinden.

gliata e ogni volta che mi pensi ti ritorna in mente la stronzata che hai fatto a sposarti con mia madre. Io però non ho colpa per questo. Di questo ne sono certa. Di tutto il resto no. Chissà se ti avessi cercato di più, se avessi cercato di rompere il muro che ci divideva, forse sarebbe stato diverso.

Ho pensato che se dovessi scrivere un libro che racconta la mia vita, il capitolo su di te lo intitolerei Diario di un odio. Comunque devo imparare a non odiarti. Devo imparare a non odiarti quando mi arrivano i tuoi soldi e quando mi telefoni per chiedermi come va. Ti ho odiato troppo, senza risparmiarmi. Sono stanca di farlo.

Quindi ti ringrazio ancora ma d'ora in poi anche se ti viene l'istinto di aiutarmi, reprimilo. Tu sei il maestro della repressione e del silenzio.

Tua figlia,
Olivia

L'ho riletta almeno tre volte. Non credevo che Olivia odiasse così tanto papà. Sapevo che non andavano d'accordo ma era pur sempre suo padre. E che cavolo! Certo, papà se non lo conoscevi potevi

2 **la stronzata** (volg.): Scheiße, Dummheit.
8 **intitolare:** betiteln, den Titel geben.
9 **il diario:** Tagebuch.
12f. **risparmiarsi:** sich schonen.
15 **reprimere:** zurückdrängen, unterdrücken.
16 **la repressione:** Unterdrückung, Verdrängung.
22 **il cavolo** (fig.): Mist.

facilmente scambiarlo per uno antipatico. Uno di quelli che fanno i seri e sembra che devono reggere il mondo da soli. Ma se lo beccavi d'estate al mare o a sciare era molto gentile e simpatico. E poi era Olivia che non lo voleva vedere, che era sempre aggressiva e si era alleata con la dentista contro di lui. Papà faceva il possibile per ricostruire il rapporto.

– Diario di un odio ... Un po' esagerato. E poi che dovrai farci mai con tutti questi soldi? – ho detto. Avevo fatto bene a non darglieli. Non se li meritava. E si faceva anche le foto nuda.

Ho buttato dentro tutta la roba e ho rimesso la scatola a posto.

Potevano essere le tre di notte e io galleggiavo, con le cuffie in testa, nel buio, giocando a *Soul Reaver* quando ho avuto l'impressione che ci fosse un rumore nella cantina. Mi sono tolto le cuffie e ho girato lentamente lo sguardo.

Qualcuno bussava contro la finestra.

Ho fatto un salto indietro e un brivido mi è sci-

1 **scambiare per qu:** mit jdm. verwechseln, für jdn. halten.
6 **allearsi:** sich verbünden.
11 f. **meritare:** verdienen.
13 f. **rimettere a posto:** aufräumen.
15 **galleggiare:** (oben) schwimmen, schweben.
20 **bussare:** klopfen.
21 **il brivido:** Schauder, Schauer.

volato sulla schiena come se avessi dei peli sul dorso e qualcuno li stesse accarezzando. Ho soffocato un urlo.

Chi poteva essere?

Chiunque fosse non la smetteva di battere.

I vetri riflettevano il bagliore azzurrognolo dello schermo della tv e me, in piedi, terrorizzato.

Ho provato a deglutire senza riuscirci. Dalla paura mi girava la testa. Ho cominciato a inspirare ed espirare. Dovevo stare calmo. Non c'era pericolo. La finestra aveva le sbarre e nessuno poteva passarci a meno di essere molle come un polpo.

Ho acceso la torcia elettrica e tremando l'ho puntata contro la finestra.

Dietro il vetro c'era Olivia che mi faceva segno di aprire.

1f. **il dorso:** Rücken.
2 **accarezzare:** streicheln (auch: *carezzare*).
soffocare: ersticken, unterdrücken.
6 **riflettere:** hier: (wider)spiegeln, reflektieren.
il bagliore: Schimmer, Schein.
azzurrognolo/a: bläulich.
7 **terrorizzato/a:** vor Schreck gelähmt (*il terrore:* Schrecken).
8 **deglutire:** schlucken.
9 **inspirare:** einatmen.
10 **espirare:** ausatmen.
12 **molle** (agg.): weich, geschmeidig.
il polpo: Krake, Polyp.
13 **la torcia:** Fackel; hier: Taschenlampe.
tremare: zittern (*il tremore:* das Zittern).
14 **puntare contro qc/qu:** auf etwas, jdn. zeigen, richten.

– Che palle! – ho sbuffato. Sono andato alla finestra e l'ho spalancata. È entrata l'aria ghiacciata. – E ora che vuoi?

Aveva gli occhi rossi e sembrava molto stanca. – Cazzo. Bussavo da mezz'ora.

– Avevo le cuffie. Che c'è?

– Ho bisogno di ospitalità, fratellino.

Ho fatto finta di non capire. – In che senso?

– Nel senso che non so dove andare a dormire.

– E vuoi dormire qui?

– Bravo.

Ho fatto no con la testa. – Non esiste.

– Perché?

– Perché no. Questa è la mia cantina. Ci sto io qui. È pensata per uno solo.

È rimasta in silenzio a guardarmi, come se credesse che stavo scherzando.

Ho dovuto aggiungere: – Scusami, è così. Non posso proprio ...

Ha scosso il capo incredula. – Fa un freddo bestiale. Ci sarà meno cinque qua fuori. Non so dove cazzo andare. Ti chiedo un favore.

– Mi dispiace.

– Lo sai? Sei figlio di tuo padre.

2 **ghiacciato/a:** eisig, eiskalt.
7 **l'ospitalità:** Gastfreundschaft, Aufnahme.
18 **aggiungere:** hinzufügen.
20 **incredulo/a:** ungläubig.
20f. **bestiale** (agg., fam.): tierisch.

– Nostro padre, – ho corretto.

Ha tirato fuori un pacchetto di Marlboro e se n'è accesa una. – Mi spieghi perché non posso stare qui stanotte? Che problema c'è?

Che cosa le dovevo dire? Mi stava venendo su la rabbia. La sentivo che mi premeva contro il diaframma. – Mi scombini tutto. Non c'è posto. È pericoloso. Io sono qui in incognito. Non posso aprirti. Vai da qualche altra parte. Anzi, ho un'idea, suona su. Ti faranno dormire nella stanza degli ospiti. Starai benissimo …

– Piuttosto che dormire da quei due stronzi vado su una panchina di Villa Borghese.

Ma come si permetteva? Ma cosa aveva fatto di male papà per meritarsi quella figlia? Ho dato un calcio al muro. – Per favore … Ti prego … qui è tutto in ordine, ho organizzato le cose benissimo, in maniera perfetta e adesso arrivi tu e fai un casino … – Mi sono accorto che stavo piagnucolando, e io odiavo piagnucolare.

– Allora … Come ti chiami? Lorenzo. Lorenzo, ascoltami bene. Io sono stata buona. Stamattina tu

2 **la Marlboro:** Zigarettenmarke.
6 **premere:** drücken, pressen.
6f. **il diaframma:** Membran; hier: Zwerchfell.
7 **scombinare:** durcheinanderbringen, kaputtmachen.
8 **in incognito** (avv.): inkognito.
9 **anzi** (avv.): besser noch.
10 **su:** hier: *sopra.*
19 **piagnucolare:** quengeln, weinerlich reden.

mi hai chiesto di non dire niente e io non ho detto niente. Non ti ho chiesto niente. Non lo voglio sapere. Sono affari tuoi. Ti sto chiedendo un favore. Se esci un attimo e mi apri il portone io entro. Nessuno ci vedrà.

– No. Ho giurato che non uscivo.

Lei mi ha guardato. – A chi l'hai giurato?

– A me stesso.

Ha fatto un tiro di sigaretta. – Allora sai che faccio? Adesso mi attacco al citofono e gli dico che stai in cantina. Che ne dici?

– Non lo faresti mai …

Le è uscito un sorrisetto bastardo. – Ah no? Tu non mi conosci … – Si è spostata al centro del giardino e a voce abbastanza forte ha detto: – Attenzione, attenzione! In cantina si è nascosto un ragazzino. È Lorenzo Cuni che fa finta di stare in settimana bianca … Condomini …

Ho gettato le braccia contro le sbarre e ho implorato. – Zitta! Zitta, ti prego.

Lei mi ha guardato divertita. – Allora apri o devo svegliare tutto il palazzo?

Non ci potevo credere che fosse così perfida. Mi

4 **il portone:** hier: (nachts verschlossenes) Eingangstor.
9 **il tiro:** Zug.
10 **il citofono:** Sprechanlage.
18 **il condomino / la condomina:** Mit-, Hausbewohner(in), -besitzer(in).
23 **perfido/a:** niederträchtig, gemein.

aveva fottuto. – Va bene. Però domani mattina te ne vai. Me lo prometti?

– Te lo prometto.

– Arrivo. Vai al portone.

Sono uscito talmente in fretta che mi sono accorto solo mentre correvo per il corridoio che non avevo le scarpe. Dovevo far velocissimo. Per fortuna era tardi. I miei facevano spesso tardi, ma non fino alle tre.

– Pensa se mentre apro il portone trovo i miei che tornano. Che figura di merda, – mi sono detto mentre salivo i gradini due a due. Sono passato di fronte alla portineria. Di notte del Cercopiteco non bisognava preoccuparsi. Il suo non era sonno ma una specie di letargo, mi aveva spiegato, ed era colpa degli zingari che gli avevano incasinato il ritmo veglia/sonno. Circa tre anni prima, una notte, gli erano entrati in casa e gli avevano spruzzato in faccia uno spray anestetico. Con tutte quelle case piene di soldi, quadri e gioielli quei deficienti erano andati a rubare dal Cercopiteco. Si erano presi un

1 **fottere** (volg.): hereinlegen, linken (*fottuto/a* [volg.]: gelackmeiert, am Arsch).
8 **fare tardi:** lange auf-, wegbleiben.
15 **il letargo:** Lethargie, Schlafstarre.
16 **lo zingaro / la zingara:** Zigeuner(in).
il ritmo: Rhythmus.
17 **la veglia:** Wachsein, Wach…
19 **anestetico/a:** betäubend, Betäubungs…
20 **il/la deficiente:** Schwachkopf, Idiot(in).

paio di occhiali da vista e una radio. Insomma, a farla breve, quel poveraccio aveva dormito tre giorni di fila. Nemmeno al pronto soccorso erano riusciti a tenerlo sveglio. Da quel giorno, mi aveva spiegato, era sempre stanco e quando si addormentava aveva il sonno così profondo che – Se viene un terremoto io sono fottuto. Che diavolo mi hanno spruzzato quei bastardi di zingari?

Ho attraversato l'androne. Il marmo freddo sotto i piedi.

Ho aperto il grande portone e lei era lì che mi aspettava.

– Grazie, fratellino, – ha detto.

1 f. **a farla breve:** kurzum.
2 **il poveraccio** (spreg.): armer Kerl, Teufel.
3 **di fila** (avv.): hintereinander, am Stück.
il pronto soccorso: Notaufnahme, Ambulanz.
7 **che diavolo?:** was zum Teufel?

6

Olivia si è seduta sul divano. Si è tolta gli stivali, ha incrociato le gambe e si è accesa un'altra sigaretta.
– È proprio un bel posto questo. Si sta veramente bene.

– Grazie –. Mi è venuto da rispondere come se quella fosse casa mia.

– Hai qualcosa da bere?

– C'è del succo di frutta, della Coca-Cola … calda e l'acqua.

– Non hai della birra?

– No.

– Allora un po' di succo, – ha ordinato, come fosse al bar.

Le ho portato la bottiglia e lei ha preso un gran sorso e si è pulita la bocca con la manica del golf. – Questo è il primo momento tranquillo della giornata –. Si è stropicciata gli occhi e ha sbuffato una nuvola di fumo. – Ho bisogno di riposare –. Ha poggiato la testa contro lo schienale del

16 **la manica:** Ärmel.
18 **stropicciare:** reiben.
18f. **sbuffare:** hier: (Rauch) ausstoßen.
19 **il fumo:** Rauch.
20 **lo schienale:** Rücklehne, -polster.

divano ed è rimasta ferma a fissare il soffitto buio.

La guardavo in silenzio senza sapere che dire. Forse non aveva voglia di parlare o non mi considerava uno con cui chiacchierare. Meglio così.

Mi sono sdraiato e ho cominciato a leggere ma non riuscivo a concentrarmi. La osservavo da dietro il libro. Aveva la sigaretta in bocca e gli occhi chiusi. La cenere si allungava ma lei non la buttava. Ero preoccupato che le cadesse addosso e la bruciasse. Forse stava dormendo.

– Hai freddo? Vuoi una coperta? – le ho chiesto per capire.

Ci ha messo parecchio a rispondermi. A occhi chiusi ha detto: – Sì grazie.

– Ci sono quelle della contessa ... Sono vecchie e pure un po' puzzolenti.

– La contessa?

– Sì. Quella che abitava a casa nostra prima di noi. Pensa che papà ha comprato la casa e non l'ha mandata via. Ha aspettato che morisse. Per aiutarla. Tutta questa roba è la casa della contessa Nunziante.

– Ah. Ha comprato in nuda proprietà.

– Che vuol dire?

9 **allungarsi:** hier: länger werden.
buttare: hier: abstreifen.
14 **parecchio** (avv.): geraume Zeit.
24 **la nuda proprietà:** Eigentum ohne Wohnrecht.

– Sai cos'è la nuda proprietà?

– No.

– È quando uno, non avendo parenti o non avendo più una lira, si vende casa a un prezzo basso ma ci può restare fino alla morte … Non è facile da spiegare –. Ha riso fra sé. – Aspetta. Adesso te lo spiego bene … – Parlava rallentata, come se non avesse le parole. – Immagina che sei vecchio e non hai nessuno, hai quattro soldi di pensione e allora che fai? Ti vendi casa con te dentro e solo quando muori la casa e le cose dentro vanno a quello che l'ha comprata … Hai capito?

– Sì –. Non avevo capito nulla. – Ma per quanto tempo?

– Dipende da quando muori. Un giorno come dieci anni. Dicono che dopo che hai venduto la nuda proprietà non muori mai. Uno che sta morendo, si vende la nuda proprietà e campa altri venti anni.

– E come mai?

– Non lo so … Ma credo che se la gente spera che tu muori …

– Quindi se hai comprato la casa devi sperare che il vecchio muoia presto. È brutto.

– Bravo. Quindi papà … ha comprato la … vo-

4 **la lira:** Währung Italiens vor Einführung des Euro.
6 **fra sé:** in sich hinein.
7 **rallentato/a:** langsam, verlangsamt.
10 **vendersi casa:** die Wohnung, das Haus verkaufen.
18 **campare** (fam.): leben.

stra casa quando la … – E si è bloccata. Ho aspettato che finisse ma mi sono accorto che le braccia le erano cadute come se le avessero sparato in petto. La sigaretta, appesa alle labbra, era spenta, la cenere le era finita sul collo.

Mi sono avvicinato piano. Ho accostato l'orecchio alla sua faccia. Respirava.

Le ho tolto il mozzicone, ho preso una coperta e gliel'ho messa addosso.

Quando mi sono svegliato il sole era già in mezzo a un cielo azzurro e senza nuvole. La palma si agitava scossa dal vento. A Cortina era un giorno perfetto per sciare.

Olivia era accucciata sul divano e dormiva con la faccia appiccicata a un cuscino lercio. Doveva essere veramente stanca.

– Lasciamola stare un altro po', – ho detto e mi sono ricordato del cellulare spento. Appena il tempo di accenderlo e mi sono arrivati tre messaggi. Due di mia madre. Era preoccupata e voleva che la chiamassi appena ero in un punto dove il telefono prendeva. Uno di mio padre. E diceva che la mamma era preoccupata e la dovevo chiamare appena il telefono prendeva.

1 **bloccarsi:** aufhören, verstummen.
3 **sparare:** schießen.
4 **il labbro** (pl. *le labbra*): Lippe(n).
8 **il mozzicone:** (Zigaretten-)Stummel, Kippe.

Ho fatto colazione e mi sono messo a giocare a *Soul Reaver.*

Olivia si è svegliata un'ora dopo.

Io ho continuato a giocare ma ogni tanto le gettavo un'occhiata di nascosto. Volevo farle capire che ero un duro, uno che non si fila nessuno.

Sembrava che fosse stata masticata e sputata via da un mostro che l'avesse trovata amara. Ci ha messo mezz'ora a tirarsi su. Le erano rimasti i segni del cuscino sulla guancia e sulla fronte. Continuava a stropicciarsi gli occhi e a muovere la lingua in bocca. Finalmente ha emesso una parola roca: – Acqua.

Gliel'ho portata. Si è attaccata alla bottiglia. Poi ha cominciato a toccarsi le braccia e le gambe facendo delle smorfie di dolore. – Mi fa male tutto. È come se avessi del filo spinato dentro i muscoli.

Ho sollevato le mani. – Ti sarai presa l'influenza. Io qui non ho medicine. Dovresti andare in farmacia. Se vai a piazza …

– Non ce la faccio ad andarmene.

– Come? Mi avevi promesso che questa mattina te ne andavi.

5 **di nascosto** (avv.): versteckt, heimlich.
6 **filarsi qu** (rom.): sich mit jdm. abgeben.
7 **masticare:** (durch)kauen.
10 **la guancia:** Wange.
12 **emettere:** herausbringen, hören lassen.
15 **la smorfia:** Grimasse.
16 **il filo spinato:** Stacheldraht.
17 **l'influenza:** Grippe.

Olivia si è passata una mano sulla fronte. – È così che ti hanno cresciuto? Ti hanno insegnato a essere un bastardo. Non può essere solo educazione, ci dev'essere qualcosa di sbagliato e contorto dentro di te.

Sono rimasto in silenzio, a testa bassa, incapace di rispondere. Ma che cavolo voleva quella da me? Non era neanche mia sorella. Non la conoscevo. Io non rompevo le palle a nessuno, perché quella le rompeva a me? Era entrata nella mia tana con una falsa promessa e ora non voleva più uscire.

Si è alzata in piedi a fatica, si è inginocchiata con una smorfia di dolore e mi ha guardato. Aveva le pupille così grandi e nere che l'azzurro dell'iride non si scorgeva quasi più. – Guarda che se tu te ne stai nascosto e ti fai gli affari tuoi non vuol dire che sei una brava persona. È troppo facile pensare così.

Era come se mi avesse letto nel pensiero.

– Mi dispiace … Non basta il cibo per tutti e due. È solo per quello. E poi bisogna stare in silenzio qui. E poi … No. Non esiste. Io devo stare solo, – ho balbettato stringendo i pugni.

2 **crẹscere qu:** hier: auf-, großziehen.
4 **contorto/a:** verdreht.
11 **la promessa:** Versprechen.
12 **inginocchiarsi:** sich hinknien.
14 **la pupilla:** Pupille.
14f. **l'ịride** f.: Iris.

Ha sollevato le mani come se si arrendesse. – D'accordo, me ne vado. Sei troppo stronzo.

– Infatti.

– E sei fuori di testa.

– Esatto.

– E puzzi pure.

Mi sono dato un'annusata a un'ascella. – Che me ne importa? Qui ci devo stare solo io. Posso puzzare quanto mi pare e piace. E poi senti chi parla. Puzzi pure tu …

In quel momento ha suonato il telefono.

Era mia madre.

Ho fatto finta di niente sperando che finisse, ma non finiva.

Olivia mi ha guardato: – Che fai non rispondi?

– No.

– Perché?

– Perché no.

Non smetteva. Mamma doveva essere arrabbiatissima. Me la vedevo, in camera sua, seduta sul letto che sbuffava. Con uno scatto sono saltato sui mobili e sono andato al cellulare. Ho risposto. – Mamma.

– Lorenzo. Tutto bene?

1 **arrendersi:** sich ergeben.
3 **infatti** (avv.): hier: stimmt.
4 **essere fuori di testa:** nicht richtig ticken.
7 **l'annusata:** Geste des Riechens, Schnüffelns.
9 **quanto mi pare e piace:** so viel ich will.

– Sì.

– Ti ho chiamato cento volte.

– Hai ricevuto il mio messaggio?

– Ma ti pare modo di comportarti? Mi dovevi chiamare prima di partire per il rifugio.

– Lo so … Scusami è che siamo partiti all'improvviso. Ti stavo per chiamare.

– Mi hai fatto preoccupare. Come stai?

– Bene. Benissimo.

– Devo parlare con la madre di Alessia.

– Ora non può. Richiamami dopo.

È rimasta in silenzio un secondo, poi è esplosa: – Ora basta, Lorenzo. O mi fai parlare con la madre di Alessia o chiamo i genitori degli altri ragazzi –. Aveva la voce dura e si stava trattenendo per non mettersi a urlare. – Basta con questa storia. Cosa mi nascondi?

Era arrivata al capolinea. Non potevo tirarla più di così. Ho guardato Olivia. – Eccola … Aspetta che la vado a chiamare. Vedo se può venire –. Ho poggiato il telefono e sono sceso. Mi sono seduto accanto a Olivia e le ho bisbigliato in un orecchio: – Per favore, mi devi aiutare … Ti prego. Devi far finta di essere la madre di Alessia. Mamma pensa

4 **modo:** hier: *un modo corretto, una maniera corretta.*
18 **il capolinea** (fig.): Endstation, Ende der Geduld.
tirarla (fig.): *tirare la corda:* hier (fig.): den Bogen (über)spannen.
22 **bisbigliare:** flüstern.

che sto a Cortina a sciare da una che si chiama Alessia Roncato che mi ha invitato a una settimana bianca. Tu devi far finta di essere la madre di Alessia. Dille che sto bene e che va tutto bene. Ah, è importantissimo che le dici che sono simpatico.

Un sorrisetto infame ha piegato la bocca della mia sorellastra. – Non penso proprio …

– Ti prego.

– Mi devono uccidere.

Le ho preso il polso. – Se scopre che non sono andato a sciare è finita. Mi mandano dallo psicologo.

Si è liberata dalla mia stretta. – Ma mai nella vita. Non tiro fuori dalla merda uno stronzetto egoista che mi caccia dalla sua cantina pulciosa.

Che bastarda, mi aveva fottuto di nuovo. – Va bene. Se ci parli, puoi restare.

Ha preso gli stivali da terra. – E chi ci vuole rimanere qui.

– Giuro che faccio tutto quello che vuoi.

– In ginocchio –. E ha indicato il pavimento.

– In ginocchio?

– In ginocchio.

7 **infame** (agg.): hämisch.
piegare: hier: verziehen.
10 **mi devono uccidere:** hier: und wenn sie mich umbringen, nicht für alles in der Welt.
14 **la stretta:** fester Griff.
16 **pulcioso/a:** voller Flöhe, verwanzt (*la pulce:* Floh).

Ho ubbidito.

– Ripeti. Giuro sulla testa dei miei genitori che sarò lo schiavo di Olivia Cuni …

– Dài che sta aspettando al telefono … Vai, – ho piagnucolato tutto nervoso.

Lei, invece, era calma. – Ripeti.

Mi stava facendo morire. – Giuro, sulla testa dei miei genitori, che sarò lo schiavo di Olivia Cuni …

– Per il resto della vita …

– Per il resto della vita?! Sei impazzita? – Ho guardato il soffitto e ho sbuffato: – Per il resto della vita.

– E sarò sempre gentile e disponibile con lei.

– E sarò sempre gentile e disponibile con lei. Ora vai, ti prego …

Si è alzata con una smorfia di dolore. – Tua madre la conosce questa signora?

– No.

– Come si chiama la figlia?

– Alessia. Alessia Roncato.

Camminava come una vecchia artritica e ha fatto fatica ad arrampicarsi fino alla finestra. Doveva stare male sul serio. Ma quando ha parlato aveva la voce squillante. – Pronto, signora Cuni! Buongiorno. Come va?

1 **ubbidire:** gehorchen.
13 **disponibile** (agg.): einsatz-, hilfsbereit.
21 **camminare:** gehen, sich bewegen.
artritico/a: arthritisch (hier substantivisch gebraucht).

Io per l'ansia ho cominciato a mordermi la mano. Sembrava felicissima di parlare con mia madre.

– Certo … Certo … Sì certo, Lorenzo me l'ha detto. Mi scusi che non l'ho chiamata io, no è colpa mia, ma abbiamo avuto un sacco da fare. Sa in montagna com'è. Si figuri … Si figuri … Grazie, è solo un piacere, è un ragazzo così educato … Certo, diamoci del tu. Comunque qui tutto bene. La neve? C'è neve? – Mi ha guardato senza sapere cosa rispondere.

– Un po', – le ho suggerito a bassa voce.

– Un po', – ha detto tranquilla. – Alessia è molto contenta –. Mi ha guardato e ha scosso la testa. – Suo figlio, me lo lasci dire, è un simpaticone. Ci fa ridere a tutti. È un piacere averlo con noi. È un ragazzo così generoso.

– Grande. Sei grandissima, – mi è uscito fuori senza che me ne accorgessi.

– Se vuoi ti lascio il mio cellulare. Comunque ti richiamiamo noi. A presto … Buona giornata anche a te. Ciao. Va bene. Va bene. Grazie. Grazie –. E ha chiuso.

6 **si figuri:** macht nichts, keine Ursache.
8 **darsi del tu:** sich duzen.
14 **il simpaticone / la simpaticona** (accr.): Witzbold, lustige(r) Kerl, Person.
16 **generoso/a:** großzügig.
17 **grande** (avv.): hier: toll.
19 **il mio cellulare:** hier: *il mio numero di cellulare.*

Sono saltato in alto sollevando le braccia. – Evvai! Sei bravissima. Eri uguale identica alla madre di Alessia. Ma che la conosci?

– Conosco il tipo, – ha detto e poi con una mano si è poggiata al muro, ha strizzato gli occhi, li ha riaperti, mi ha guardato e si è vomitata nelle mani.

Ha continuato a vomitare in bagno. O meglio, si sforzava, ma non ci riusciva. Poi si è buttata sul divano esausta e si è tolta i pantaloni. Le gambe bianche le tremavano e scalciava come se volesse togliersi di dosso il tremore. – Eccoci. Cazzo, è arrivata … – ha ansimato a occhi chiusi.

Ma che razza di malattia aveva? E se era contagiosa?

– Cos'è che è arrivata?

– Niente … Non è niente.

– Ma che hai? La tua malattia si attacca?

1 **saltare:** springen.
1 f. **evvai** (fam.): super!
5 **strizzare:** zusammenpressen, kneifen.
6 **vomitare:** (sich) erbrechen.
10 **esausto/a:** erschöpft.
11 **scalciare:** um sich treten.
12 **togliersi di dosso:** loswerden, -bekommen.
13 **ansimare:** keuchen.
14 **che razza di:** was für ein(e).
14 f. **contagioso/a:** ansteckend.
18 **attaccarsi:** hier: ansteckend sein.

– No. Tu non ti preoccupare, non mi cagare, fai le tue cose come se io non ci fossi. D'accordo?

Ho deglutito. – D'accordo.

Aveva la malaria. Come Caravaggio.

Mi aveva detto di farmi gli affari miei. Perfetto. Non c'era problema. Io ero un maestro in quello. Mi sono messo a giocare a *Soul Reaver*. C'era il solito mostro che non riuscivo a battere. Ogni tanto però non potevo fare a meno di spiarla.

Non riusciva a stare ferma più di un minuto. Si agitava, cambiava posizione come se fosse sdraiata su un tappeto di cocci di bottiglia. Si avvolgeva e buttava via la coperta e smaniava e soffriva come se qualcuno la stesse torturando.

Mi faceva impazzire che si lamentasse in quel modo esagerato. Mi sembrava che fosse tutta una finta e che lo facesse solo per darmi fastidio.

Mi sono messo le cuffie al massimo, mi sono gi-

1 **non mi cagare** (volg.): kümmere dich nicht um mich (*cagare, cacare* [volg.]: scheißen).
4 **Caravaggio:** Michelangelo Merisi da C., italienischer Maler des Frühbarock (1571–1610).
9 **fare a meno:** nicht umhin können.
12 **il coccio:** Scherbe.
avvọlgersi: sich einwickeln, zudecken (*avvọlgere:* umhüllen, umgeben).
13 **smaniare:** phantasieren.
14 **torturare:** quälen, foltern (*la tortura:* Folter, Qual).
17 **la finta:** vorgespielt(e Handlung).
18 **al mạssimo:** hier: *al mạssimo volume:* auf höchste Lautstärke.

rato verso il muro e ho infilato la testa nel libro così vicino che mi si incrociavano gli occhi, ho letto qualche riga e li ho chiusi.

Li ho riaperti due ore dopo. Olivia era seduta sul bordo del divano, tutta sudata, muoveva nervosamente le gambe e guardava il pavimento. Si era tolta il golf, aveva una canottiera blu che le calava e si scorgevano le tette che pendevano. Era così magra che le vedevo tutte le ossa e i piedi lunghi e sottili. Il collo lungo da levriero, le spalle larghe, le braccia …

Cosa aveva al centro delle braccia?

Delle macchie violacee costellate di puntini rossi.

Lei ha sollevato la testa. – Dormito, eh?

Il posto in Sicilia dove voleva mandarla papà …

– Cosa?

I soldi …

– Hai dormito?

I miei che smettevano di parlare di Olivia appena mi vedevano …

– Sì …

La malattia che non si attacca …

3 **la riga:** hier: Zeile.
7 **la canottiera:** Unterhemd.
calare: hier: herunterrutschen.
10 **il levriero:** Windhund.
13 **violaceo/a:** violett.
costellato/a: bedeckt, übersät.
il puntino (dim.): Pünktchen.

– Devo mangiare qualcosa …

Era come quelli a Villa Borghese. Quelli sulle panchine. Quelli che ti chiedono se hai spicci. Quelli con le birre. Io ci giravo alla larga da quelli. Mi avevano sempre fatto paura.

– Mi dài un biscotto … Un po' di pane …

E ora uno di quelli era qui.

Mi sono alzato, ho preso la busta con il pane in cassetta e gliel'ho portata.

Era accanto a me. Nella mia tana.

Ha buttato il pane sul divano. – Mi voglio lavare … Mi faccio schifo …

– C'è solo acqua fredda –. Mi sono stupito che riuscissi a rispondere.

– Non importa. Devo reagire, – ha detto tra sé, si è alzata in piedi a fatica ed è andata in bagno.

Ho aspettato che l'acqua scorresse e mi sono gettato sul suo zainetto. Dentro c'era un portafogli consumato, un'agenda piena di fogli, il telefonino e delle siringhe chiuse nella plastica.

3 **gli spicci:** *gli spịccioli:* Kleingeld (*spiccio/a, spịcciolo/a:* klein).
4 **quelli con le birre:** die (Penner) mit den Bierflaschen (-dosen).
girare alla larga da qu: einen großen Bogen um jdn. machen.
8 **la busta:** Umschlag; hier: Tüte.
13 **stupirsi:** sich wundern.
19 **il telefonino** (dim., fam.): Mobiltelefon, Handy.
20 **la siringa:** Spritze.

7

Steso sul letto fissavo il soffitto. C'era silenzio, ma se smettevo di respirare sentivo Olivia in bagno, le macchine che passavano sulla strada, il fruscio della scopa del Cercopiteco in cortile, un telefono che squillava lontano, il bruciatore della caldaia, i tarli. E l'odore di tutta quella roba ammassata, quello pungente del legno dei mobili, quello amaro dei tappeti umidi.

Un tonfo.

Ho sollevato la testa dal cuscino.

La porta del bagno era socchiusa.

Mi sono alzato e sono andato a vedere.

Olivia era a terra, nuda, bianca, piegata tra il gabinetto e il lavandino, cercava di sollevarsi ma non ci riusciva. Le sue gambe scivolavano sulle mattonelle bagnate come quelle di un cavallo su una lastra di ghiaccio. Sulla fica aveva pochi peli.

4 **il fruscio:** Rascheln, Scharren.
6 **il bruciatore:** Brenner.
la caldaia: Heizkessel.
il tarlo: Holzwurm.
8 **pungente** (agg.): stechend.
10 **il tonfo:** dumpfer Schlag, Fall.
16f. **la mattonella:** Fliese.
17f. **la lastra:** Platte.
18 **la fica** (volg.): Fotze.

Io sono rimasto fermo a fissarla.

Assomigliava a uno zombi. Uno zombi a cui hanno appena sparato.

Lei mi ha visto, lì in piedi accanto allo stipite della porta, e ha digrignato i denti. – Esci! Fuori da qua! Chiudi quella cazzo di porta!

Sono andato a prendere la vestaglia della Nunziante e gliel'ho poggiata sulla maniglia. Quando è uscita, avvolta da un asciugamano lercio, l'ha presa, l'ha guardata, se l'è infilata e si è sdraiata sul divano e senza dirmi una parola mi ha dato le spalle.

Io mi sono messo le cuffie. Dentro avevo un cd di papà. Era un pezzo per pianoforte che non finiva mai, quella musica così calma e ripetitiva mi faceva sentire distante, oltre un vetro, come se guardassi un documentario. Io e lei non eravamo nella stessa stanza.

Con il passare del tempo mia sorella ha cominciato a stare sempre peggio. Tremava come se avesse la febbre. Era un molo su cui si frangevano

2 **lo zombi:** Zombie.
4 **lo stipite:** Pfosten.
5 **digrignare i denti:** die Zähne fletschen; hier: durch die Zähne zischen.
8 **la maniglia:** Türgriff, Klinke.
11 f. **dare le spalle a qu:** jdm. den Rücken zudrehen.
15 **ripetitivo/a:** eintönig.
16 **distante** (avv.): weit weg, entfernt.
21 **frangersi:** sich brechen.

ondate di dolore. Teneva gli occhi chiusi, ma non dormiva. Sentivo che si lamentava tra sé. – Vaffanculo. Che palle. Non ce la faccio più … Così non ce la faccio.

La musica continuava a battermi sempre uguale nelle orecchie, mentre mia sorella si alzava dal divano, si rimetteva giù, si grattava a sangue le gambe, si rialzava, si agitava, poggiava la testa contro la porta dell'armadio. La faccia contratta dal dolore. Cominciava a inspirare e a espirare con le mani sui fianchi. – Forza, Oli, ce la puoi fare … Forza … Forza, cazzo –. Poi si è rannicchiata da una parte con le mani premute sulla faccia. È rimasta così un sacco di tempo.

Ho tirato un sospiro di sollievo. Sembrava che si fosse addormentata in quella posizione scomoda. Ma invece no, si è alzata e ha cominciato a prendere a calci tutto quello che trovava.

Mi sono tolto le cuffie, mi sono alzato e l'ho afferrata per un polso: – Devi stare zitta! Così ci sentiranno tutti! Ti prego …

Lei mi ha guardato con gli occhi iniettati di odio

1 **l'ondata:** Welle.
7 **grattare:** (auf)kratzen.
a sangue (avv.): blutig.
9 **contratto/a:** verzogen, verzerrt.
12 **rannicchiarsi:** sich zusammenkauern.
15 **il sospiro:** Seufzer (*sospirare:* seufzen).
il sollievo: Erleichterung.
22 **iniettato/a di qc:** angefüllt mit etwas.

e sangue e mi ha spinto via. – Ti prego un cazzo. Ma vaffanculo! Rimettiti le tue cuffie di merda. Povero scemo –. Ha dato un calcio al cane di ceramica che è caduto e si è rotto la testa.

Ho implorato cercando di fermarla: – Per favore … Per favore … Non fare così … Siamo finiti se fai così. Lo capisci?

– Levati di mezzo. Giuro su Dio che ti ammazzo –. Mi ha gettato contro una lampada di vetro che è andata in mille pezzi.

Mi ha invaso una rabbia cieca. I muscoli si sono irrigiditi e come se esplodessi ho urlato: – No, io ti ammazzo! – E abbassando la testa le sono andato contro. – Tu mi devi lasciare in pace! Lo vuoi capire? – Ho allungato le braccia e l'ho spinta con violenza.

Olivia è volata indietro, è inciampata e ha sbattuto con la spalla contro l'armadio. Si è paralizzata, a bocca aperta, incredula.

– Che vuoi da me? Vattene! – ho ringhiato.

Olivia si è avvicinata e mi ha mollato un ceffone. – Stronzo … Non ti permettere.

8 **levarsi di mezzo:** aus dem Weg gehen.
11 **invạdere:** eindringen, Besitz ergreifen.
cieco/a: blind.
11 f. **irrigidirsi:** erstarren, steif werden.
17 **inciampare:** stolpern.
17 f. **sbạttere:** stoßen.
20 **ringhiare:** knurren.
21 **il ceffone:** Ohrfeige.

Adesso la uccido, ho pensato toccandomi la guancia infuocata. Ho sentito un groppo bollente in fondo alla gola, ho trattenuto le lacrime, ho stretto i pugni e le sono saltato addosso. – Vai via, drogata di merda!

Siamo finiti sul divano. Io sopra, lei sotto. Olivia scalciava e mollava pugni in aria cercando di liberarsi ma io ero più forte di lei. Le ho afferrato i polsi e le ho urlato a dieci centimetri dalla faccia: – Che cazzo vuoi da me? Dimmelo!

Lei ha tentato di liberarsi, ma a un tratto, come se non avesse più forze per combattere, si è lasciata andare, arrendendosi, e io le sono crollato addosso.

Mi sono tirato su e mi sono allontanato. Tremavo tutto, spaventato da quello che avrei potuto farle. Avrei potuto ucciderla. Ho cominciato a dare calci contro gli scatoloni per calmarmi. Una scheggia di vetro mi si è piantata sotto il calcagno. Me la sono tolta sospirando di dolore.

Olivia, intanto, singhiozzava con la faccia contro lo schienale e le gambe strette tra le braccia.

2 **il groppo:** Knoten, Kloß.
5 **il drogato / la drogata:** Drogensüchtige(r).
7 **mollare:** hier: austeilen.
13 **crollare:** stürzen, fallen.
14 **allontanarsi:** sich entfernen, (einen Schritt) weggehen.
17 f. **la scheggia:** Splitter.
18 **piantarsi** (fam.): hier: sich schieben.
il calcagno: Ferse.

– Adesso basta! – Sono corso zoppicando al mio zaino e ho preso i soldi da una busta e ho urlato:

– Ecco. Tieni. Usa questi. Prendili. Basta che te ne vai –. E glieli ho tirati contro.

Olivia si è sollevata dal divano e li ha raccolti da terra. – Che figlio di puttana … Io lo sapevo che li avevi –. Ha preso i pantaloni, ha stretto i soldi nel pugno e ha chiuso gli occhi. Le lacrime le colavano al lato delle palpebre. Le spalle sussultavano. – No. Non posso … – Ha lasciato cadere i soldi e si è messa una mano sul volto. – Ho giurato che smettevo. E questa volta … smetto … sennò è finita.

Non capivo niente. Le parole si mischiavano ai singhiozzi.

– Sono una merda … Gliel'ho … data … Gliel'ho data … Ma come ho fatto? – Mi ha guardato e mi ha preso una mano. – Ho scopato con uno schifoso per una dose. Quel maiale mi ha scopato in mezzo alle macchine. Che schifo … Dillo che faccio schi-

5 **raccogliere:** auflesen, -sammeln.
6 **il figlio di puttana** (volg.): Lump, Scheißkerl (*la puttana* [volg.]: Hure, Nutte).
8f. **colare:** fließen, herunterlaufen.
9 **sussultare:** zucken.
14 **mischiarsi:** sich (ver)mischen.
16 **darla** (volg.): (fig.) die Beine breit machen.
18 **scopare** (volg.): vögeln, poppen.
lo schifoso / la schifosa: ekliger Kerl, Person.
19 **la dose:** Dosis, Trip.

fo … Dillo, dillo … Ti prego … – Si è accasciata a terra e ha cominciato a rantolare come se le avessero tirato un pugno nello stomaco.

Non respira, ho pensato coprendomi le orecchie ma il suo rantolo mi trapanava i timpani.

Qualcuno la deve aiutare. Qualcuno deve venire qui. Sennò muore.

– Vi prego … Vi prego … aiutatemi, – ho implorato alle pareti della stanza.

Poi l'ho vista.

Stesa a terra tra i soldi, sola e disperata.

Dentro di me qualcosa si è spezzato. Il gigante che mi teneva contro il suo petto di pietra mi aveva liberato.

– Scusami, non volevo farti male. Mi dispiace … – Ho afferrato mia sorella per le braccia e l'ho sollevata da terra.

Non aveva più fiato, come se qualcosa le otturasse la gola. Non sapevo che fare, la scuotevo e le davo colpi sulla schiena. – Non morire. Ti prego. Non morire. Adesso ti aiuto io. Ci penso io … – E piano piano ho sentito che un filo d'aria le entrava nella bocca e scendeva giù, nel petto. Pochissima all'inizio, poi, a ogni respiro, un po' di più e alla fine ha

1 **accasciare:** zusammensacken.
2 **rantolare:** röcheln (*il rantolo:* Stöhnen, Röcheln).
5 **trapanare:** durchbohren.
18f. **otturare:** verstopfen, verschließen.
21 **pensarci:** sich um etwas kümmern.
22 **il filo d'aria:** Lufthauch.

detto con un sussurro: – Non muoio. Ci vuole altro per ammazzarmi.

L'ho abbracciata e le ho poggiato la fronte sul collo, il naso sulla clavicola e sono scoppiato a piangere.

Non riuscivo più a smettere. Il pianto arrivava a raffiche, mi placavo per qualche istante e poi mi gonfiavo e riprendevo più forte di prima.

Olivia tremava e batteva i denti. L'ho avvolta in una coperta ma lei se n'è accorta appena. Sembrava che dormisse, ma non dormiva. Strizzava le labbra per il dolore.

Mi sentivo inutile. Non sapevo che fare. – Ti va un po' di Coca-Cola? Un panino? – ho detto.

Non mi ha risposto.

E alla fine le ho chiesto: – Vuoi che chiamo papà?

Ha aperto gli occhi e ha mormorato: – No. Ti prego non lo fare.

– Allora che posso fare?

– Mi vuoi aiutare veramente?

Ho fatto segno di sì.

– Allora devi trovarmi dei sonniferi. Ho bisogno di dormire. Così non ce la faccio più.

4 **la clavịcola:** Schlüsselbein.
6f. **a rạffiche** (avv.): stoßweise (*la rạffica:* [Wind-]Stoß).
7 **placarsi:** sich beruhigen.
9 **bạttere i denti:** mit den Zähnen klappern.
22 **il sonnịfero:** Schlafmittel, -tablette.

– Io ho solo l'Aspirina, la Tachipirina e il Fargan …

– No, non vanno bene.

Mi sono seduto sul letto. Ero imbarazzato a stare lì a guardarla come uno scemo senza sapere come aiutarla.

Con nonna Laura provavo la stessa cosa.

Da due anni un tumore le mangiava lo stomaco e aveva subito un sacco di operazioni e ogni volta dovevamo andarla a trovare e lei era lì, in quella stanzetta di ospedale, con quelle poltrone di finta pelle, Gente, l'Espresso che leggevamo solo noi, la formica sui mobili, le pareti verdine, il bar con i cornetti secchi, le infermiere nervosette con gli orridi zoccoli bianchi, le mattonelle schifose sul terrazzino senza piante e lei in quel letto di metallo imbottita di medicine, a bocca aperta senza la den-

1 **l'Aspirina:** Aspirin, Schmerzmittel.
la Tachipirina: fiebersenkendes Mittel.
1 f. **il Fargan:** entzündungshemmende Creme.
7 **provare:** hier: empfinden.
9 **subire:** erleiden, sich unterziehen.
12 **Gente:** italienische Illustrierte.
l'Espresso: italienisches Nachrichtenmagazin.
13 **la formica:** abwaschbare Beschichtung, Resopal.
verdino/a (dim.): hellgrün.
14 **nervosetto/a** (dim.): ungeduldig, nervös.
14 f. **ọrrido/a:** schrecklich.
15 **lo zọccolo:** Holzschuh; hier: Gesundheitssandale.
17 **imbottire:** vollstopfen.
17 f. **la dentiera:** Gebiss.

tiera e i miei lì a guardarla in silenzio, a farsi i sorrisini a labbra strette mentre si auguravano che morisse al più presto.

Non capivo perché dovevamo andarla a trovare. Nonna si rendeva a malapena conto di chi eravamo.

– Le facciamo compagnia. Farebbe piacere pure a te, – mi diceva mamma.

No, non era vero. È imbarazzante essere visti quando stai male. E quando uno sta morendo vuole essere lasciato solo. Questa cosa delle visite proprio non la capivo.

Ho guardato mia sorella. Tremava tutta.

Poi. Improvvisamente, mi sono ricordato.

Che idiota. Sapevo dove trovare le medicine. – Ci penso io. Tu stai qua, io torno presto.

5 **a malapena:** kaum.
9 **imbarazzante** (agg.): peinlich.

8

Sotto una pioggia leggera, ho preso il 30 barrato.

Per fortuna, quando ero uscito dal palazzo, il Cercopiteco si stava facendo la pennica pomeridiana.

Mi sono seduto in fondo alla carrozza con il cappuccio della felpa calato sulla fronte. Ero un agente segreto in missione per salvare mia sorella e nulla mi avrebbe fermato.

L'ultima volta che avevamo accompagnato nonna in ospedale, poco prima di uscire di casa, lei mi aveva bisbigliato in un orecchio: – Tesoro, prendi dal comodino tutte le medicine e nascondile nella borsa. In clinica quei dottori maledetti non me ne dànno abbastanza per non soffrire. Non ti far vedere da nessuno, però.

Ero riuscito a mettergliele dentro la borsa senza che nessuno se ne accorgesse.

Sono sceso a pochi passi da Villa Ornella.

2 **il 30 barrato:** (ehemalige) Straßenbahnlinie in Rom (*barrato/a:* durchgestrichen).
4 **la pennica:** *la pennichella* (rom.): Nickerchen.
pomeridiano/a: nachmittäglich.
5 **la carrozza:** Wagen.
12 **il comodino:** Nachttisch, -schränkchen.
18 **Villa Ornella:** Name einer Privatklinik.

Ma quando mi sono trovato di fronte alla clinica tutto il coraggio era svanito. Avevo promesso a nonna che sarei andato a trovarla da solo, però non lo avevo mai fatto. Non ce la facevo a parlare con lei come se fossimo ancora a casa sua. Le volte che ero andato con papà e mamma era stata una tortura.

– Dài, Lorenzo, ora invece ce la puoi fare, – mi sono detto e ho controllato il parcheggio. Le macchine di mio padre e di mia madre non c'erano. Con due salti ho superato le scale d'ingresso della clinica e ho tagliato di corsa la hall. La suora, dietro il bancone, ha sollevato la testa dallo schermo del computer ma ha avuto appena il tempo di vedere un'ombra sparire per le scale. Ho volato fino al terzo piano. Ho attraversato il lungo corridoio di mattonelle bianche e marroni. Erano 3225. Le avevo contate il giorno in cui nonna era stata operata. Ero rimasto in ospedale tutto il pomeriggio con papà e lei non tornava più su dalla sala operatoria.

2 **svanire:** verschwinden, sich verflüchtigen.
11 **il salto:** Sprung, Satz.
superare: überwinden, hinter sich bringen.
12 **tagliare:** hier: durchqueren.
la hall (ingl., invar.): Eingangshalle.
la suora: Ordensschwester.
13 **il bancone:** Pult, Empfangstresen.
15 **l'ombra:** Schatten.
volare: hier: sausen.
20 **la sala operatoria:** Operationssaal.

Sono passato davanti alla stanza delle infermiere. Ridevano. Ho girato a destra, un morto vivente mi è venuto incontro ciabattando. Addosso aveva un pigiama azzurro con i bordini blu. Riccioli bianchi spuntavano fuori dalla V della giacca. Una cicatrice livida gli attraversava uno zigomo e gli finiva accanto alla bocca. Una donna stesa su una barella guardava un quadro di un mare in tempesta appeso alla parete. Da una porta è uscita una bambinetta ed è stata riacchiappata dalla mano della madre.

Stanza 103.

Ho lasciato che il cuore rallentasse e ho abbassato la maniglia.

La sacca dell'urina era quasi piena. La dentiera era immersa in un bicchiere sul comodino. La flebo sul trespolo. Nonna Laura dormiva nel letto con le

3 **ciabattare:** schlurfen (*la ciabatta:* Pantoffel, Hausschuh).
4 **il bordino** (dim.): Kante, Einfassung.
5 **spuntare:** auftauchen, hervorschauen.
la V: (Kleidung) V-Ausschnitt.
5f. **la cicatrice:** Narbe.
6 **livido/a:** (bläulich)blass.
7f. **la barella:** Krankenliege.
8 **la tempesta:** Sturm
10 **riacchiappare:** wieder einfangen.
13 **rallentare:** langsamer werden.
15 **la sacca dell'urina:** Urinbeutel.
16 **immergere:** eintauchen, versenken.
la flebo (fam.): *la fleboclisi:* Tropf, Infusion.
17 **il trespolo:** Gestell.

sbarre. Le labbra le erano cascate nella bocca spalancata. Era così piccola e smagrita che ho pensato che avrei potuto prenderla in braccio e portarmela via.

Mi sono avvicinato e l'ho osservata mordendomi l'interno della guancia.

Com'era vecchia. Un mucchio di ossa ricoperto da una pelle rugosa e squamata. Una gamba spuntava dal lenzuolo. Era nera e blu e secca come un bastone, il piede tutto storto e l'alluce piegato verso l'interno come se avesse un'anima di fil di ferro. Odorava di talco e alcol. I capelli, che quando stava bene teneva sempre legati dentro la retina, erano sciolti e cadevano sul cuscino lunghi e bianchi come quelli delle streghe.

Poteva essere morta. Però sul volto non c'era la pace dei cadaveri, ma un'espressione sofferente e rigida, come se la sua carne fosse attraversata da una corrente di dolore.

Mi sono avvicinato ai piedi del letto e ho coperto

1 **cascare:** fallen, sinken.
8 **rugoso/a:** faltig, runzlig (*la ruga:* Falte).
squamato/a: schuppig (*la squama:* [Fisch-]Schuppe).
9 **il lenzuolo:** Leintuch.
10 **l'alluce** m.: großer Zeh.
11 **l'anima:** hier: Inneres.
12 **il talco:** Talkum(puder).
13 **legare:** zusammenbinden, einfassen.
la retina (dim): Haarnetz.
14 **sciogliere:** (auf)lösen.
15 **la strega:** Hexe (*stregato/a:* verhext).

la gamba con il lenzuolo. La sua borsa di pelle scamosciata era dentro l'armadio. L'ho aperta e ho preso tutte le bottigliette e scatole di medicine e me le sono infilate nelle tasche della giacca. Mentre stavo chiudendo la zip ho sentito alle mie spalle un sussurro: – Lo...re...nzo ... Sei tu?

Mi sono girato di scatto. – Sì, nonna. Sono io.

– Lorenzo, sei venuto a trovarmi? – Una fitta le ha contratto il volto. Teneva gli occhi socchiusi. I bulbi velati erano avvolti da pieghe raggrinzite.

– Sì.

– Bravo. Siediti vicino a me ...

Mi sono seduto accanto al letto su uno sgabello di metallo.

– Nonna io dovrei ...

– Dammi la mano.

Gliel'ho stretta. Era calda.

– Che ore sono?

Ho guardato l'orologio sul muro. – Le due e dieci.

– Di mattina ... – Si è mossa e mi ha stretto piano la mano. – O ...?

– ... di pomeriggio, nonna.

1 f. **la pelle scamosciata:** Wildleder.
5 **la (lo) zip:** Reißverschluss.
8 **la fitta:** (plötzlicher Schmerzens-)Stich.
10 **il bulbo:** Augapfel, Auge.
la piega: Falte.
raggrinzito/a: schrumplig, runzlig.
13 **lo sgabello:** Hocker.

Dovevo andarmene. Era pericoloso stare lì. Se mi vedevano le infermiere l'avrebbero detto di sicuro ai miei.

Nonna è rimasta in silenzio respirando con il naso come se si fosse addormentata, poi si è girata cercando una posizione migliore.

– Ti fa male?

Si è toccata lo stomaco. – Qui … Non smette mai. Mi dispiace che mi vedi soffrire. Com'è brutto morire così –. Tirava fuori le parole una a una, come se le cercasse in una scatola vuota.

– No, non muori, – ho mormorato con gli occhi puntati sul sacco giallo dell'urina.

Ha sorriso. – No, ancora no. Questo mio corpo non se ne vuole andare. Non vuole capire che è finita.

Volevo dirle che dovevo scappare, ma non avevo il coraggio. Ho fissato i vestiti appesi all'omino di legno: la gonna blu, la camicetta bianca, il cardigan rosso scuro.

Non se li metterà più, ho pensato. Anzi, glieli metteranno quando la chiuderanno nella bara.

Ho guardato il lampadario di vetro opaco con la

12 **mormorare:** murmeln.
18f. **l'omino** (dim.) **di legno:** Kleiderbügel.
19 **il cardigan** (invar.): Strickjacke.
22 **la bara:** Sarg.
23 **il lampadario:** Leuchter, Lampe.
opaco/a: undurchsichtig.

stecca di ottone che pendeva dal soffitto. Perché quella stanza era così brutta? Quando uno muore dovrebbe avere una stanza bellissima. Io sarei morto nella mia stanza.

– Nonna io devo andare … – Volevo abbracciarla. Forse era l'ultima volta che lo potevo fare. Le ho domandato: – Posso abbracciarti?

Nonna ha aperto gli occhi e ha accennato un sì.

L'ho stretta piano, schiacciando la faccia sul cuscino e sentendo l'odore pungente di medicine, del sapone della federa e quello aspro della sua pelle. – Io dovrei … Devo andare a studiare –. Mi sono tirato su.

Lei mi ha preso il polso e ha sospirato. – Raccontami qualcosa … Lorenzo. Così non ci penso.

– Cosa, nonna?

– Non lo so. Quello che ti pare. Una storia bella.

– Ma adesso? – Olivia mi stava aspettando.

– Se non ti va, non importa …

– Ma vera o inventata?

– Inventata. Portami da un'altra parte.

1 **la stecca:** Stange.
l'ottone m.: Messing.
8 **accennare:** andeuten.
11 **il sapone** (fam.): Waschpulver.
la fẹdera: Kissenbezug.
aspro/a: säuerlich.
17 **quello che ti pare:** was du willst.

Una storia, in effetti, ce l'avevo. Me l'ero inventata una mattina a scuola. Ma le mie storie le tenevo per me, perché se le raccontavo si sciupavano subito come i fiori di campo tagliati e non mi piacevano più.

Però questa volta era diverso.

Mi sono accomodato meglio sullo sgabello. – Allora questa storia … Nonna, ti ricordi il robottino che hai in piscina a Orvieto? Quello giallo e viola che serve per pulire la piscina? Quel robottino ha dentro una specie di cervello elettronico che impara com'è fatto il fondo della piscina, così può pulirla per bene, senza passare sempre negli stessi punti. Te lo ricordi, nonna? – Non capivo se dormiva, se era sveglia.

– Questa storia parla di un robottino puliscipiscine. Si chiama K19, come i sottomarini russi. Allora … Un giorno, in America, si riuniscono tutti i generali e il presidente degli Stati Uniti per decidere come ammazzare Saddam Hussein. Hanno pro-

1 **in effetti** (avv.): tatsächlich.
3 **sciuparsi** (fam.): kaputtgehen.
6 **diverso/a:** anders.
8 **il robottino** (dim.): kleiner Roboter (*il robot:* Roboter).
9 **la piscina:** hier: Swimmingpool.
Orvieto: Stadt in Umbrien.
13 **per bene** (avv.): ordentlich.
16 f. **pulįscipiscįne/a:** Schwimmbadputzer…
17 **il sottomarino:** U-Boot.
19 **Saddam Hussein:** irakischer Herrscher (1937–2006).

vato tutti i modi possibili per farlo fuori. La sua villa è una fortezza nel deserto, ha dei missili terra-aria che partono appena arrivano i razzi americani e li fa esplodere in cielo. Il presidente dell'America è disperato, se non ammazza subito Saddam, lo licenziano. Se entro dieci minuti i suoi generali non trovano un modo per fare fuori il dittatore li manda tutti in Alaska. A un certo punto si alza un generale, un piccoletto, esperto di computer, che non parla mai perché non conta niente, e dice che ha un'idea. Tutti scuotono la testa, ma il presidente gli dice di parlare. Il piccoletto comincia a spiegare che Saddam non compra niente per paura delle bombe nascoste. Una volta aveva ordinato un ananas e dentro c'era una bomba che gli ha ammazzato il cuoco. E quindi tutto quello che ha dentro la villa se lo fa costruire nei sotterranei. Televisioni, videoregistratori, frigoriferi, computer, tutto. C'è una cosa però che non riesce a costruire ed è costretto a comprarla fuori. I robottini pulisciPiscine. La piscina di Saddam è così grande che il suo robottino si perde e il vento del deserto non smette mai e porta la sabbia nella piscina. I migliori, quelli

2 **la fortezza:** Festung.
il missile: Geschoss, Flugkörper (*il missile terra-aria:* Boden-Luft-, Flugabwehrrakete).
3 **il razzo:** Rakete (*il minirazzo:* Minirakete).
22 **perdersi:** nicht durchkommen, sich verirren.

capaci di pulire una piscina enorme come la sua, li fanno solo in America.

Sono rimasto in silenzio.

– Capito nonna?

Non rispondeva. Piano piano ho provato a sfilare la mano.

– Continua … – ha mormorato.

– Saddam andava a fare il bagno con le sue dodici mogli e trovava sempre il fondo tutto sporco. Quindi, alla fine, anche se è pericoloso, decide di ordinarne uno in America per posta. Lo fa comprare a un suo aiutante, così non ci sono sospetti. Solo che la Cia ha intercettato la telefonata. La fabbrica deve spedirgliene uno la prossima settimana. Il generale piccoletto dice che ha avuto un'idea geniale. Prenderà il robottino e lo modificherà. Ci metterà un computer intelligentissimo che ha appena inventato e lo programmerà per uccidere Saddam. Dentro ci metterà dei minirazzi atomici, delle pile che producono duemila volt di elettricità e potrà lanciare pure frecce avvelenate. Il presidente degli Stati Uniti è felice. È un'idea magnifica. Dice al

5f. **sfilare:** wegziehen.
12 **l'aiutante** m./f.: Helfer(in).
13 **la Cia:** CIA (Central Intelligence Agency), Auslandsnachrichtendienst bzw. ziviler Geheimdienst der USA.
intercettare: abhören.
15 **geniale** (agg.): genial.
19 **la pila:** Batterie.
21 **la freccia:** Pfeil.

piccoletto di mettersi subito al lavoro. Il piccoletto va nella fabbrica dei robottini, ne prende uno e ci lavora tutta la notte. Gli mette dentro il computer e lo programma per ammazzare Saddam, e per essere sicuro, pure chiunque faccia il bagno in piscina. Quando finisce è stanco morto, ma il robottino è perfetto, sembra un robottino uguale agli altri. Il suo nome in codice è K19. Solo che la mattina arriva quello che lo deve spedire e si sbaglia. Crede che è quello riparato per una famiglia che vive vicino Los Angeles. Lo impacchetta e glielo manda. Quando arriva la famiglia lo prende e lo mette nella piscina. K19 incomincia a pulire il fondo, sa fare pure questo molto bene. Ma quando il papà e i figli si fanno il bagno, vengono uccisi all'istante da una scarica elettrica che li arrostisce tutti.

– Ma chi erano? I nipoti dei Finotti? – Nonna aveva alzato la testa dal cuscino.

– Chi sono i Finotti? – ho detto io.

– Marino Finotti, l'ingegnere di Terni ... Non erano morti in piscina?

– Ma nooo, questi sono americani, che c'entra Terni.

8 **in codice:** verschlüsselt, chiffriert.
11 **impacchettare:** einpacken.
16 **la scarica:** Entladung, Schlag.
arrostire: rösten, braten.
20 **Terni:** Provinz(haupt)stadt in Umbrien.
22 **entrarci:** mit etwas zu tun haben.

– Tu sei sicuro? – Si stava agitando.

– Sì nonna, tranquilla –. Ho ricominciato a raccontare. – Allora … il robottino aspetta due giorni, i cadaveri galleggiano, ma Saddam non arriva, allora, siccome è intelligente, capisce che devono averlo messo nella piscina sbagliata. Con i suoi cingoli aderenti sale lungo i bordi ed esce alla ricerca di una nuova piscina. Nella zona dove lo hanno spedito, in America, nonna, è pieno di piscine, in ogni casa ce n'è una, sono tantissime, milioni, e lui comincia a passare da una all'altra, ammazzando tutti quelli che fanno il bagno, alla ricerca di Saddam. Quando trova un altro robottino K19 lo disintegra poi pulisce la piscina. Fa una strage. Mezza California viene ammazzata. Arriva l'esercito. Gli mandano addosso tutti i soldati, gli sparano con i laser, ma non c'è niente da fare. Alla fine chiamano gli aerei che cominciano a buttare bombe sulla California. K19 viene colpito, si rompe un cingolo e comincia a sbandare, ma non molla. Esce fuori e comincia a correre sull'autostrada inseguito dai carri armati che gli sparano addosso. K19 sta a pezzi. Il motore

6 **il cingolo:** (Raupen-)Kette.
7 **aderente** (agg.): eng anliegend.
alla ricerca di: auf der Suche nach.
13 **disintegrare:** zerbrechen, zerstören.
14 **la strage:** Blutbad, Massaker.
16 **il laser** (ingl.): Laserstrahl.
20 **sbandare:** aus der Spur geraten, ins Schleudern kommen.
21 **il carro armato:** Panzer.

fa un rumore strano e ha finito tutte le armi. Arriva in fondo alla strada e si trova di fronte la piscina più grande che ha mai visto e l'acqua è sporca e ci sono le onde. L'esercito intanto avanza. K19 guarda la piscina, è così grande che non si vede nemmeno la fine. Il sole ci sta tramontando dentro e ci sono dei materassini enormi. Nessuno gli ha spiegato che quello è il mare e che quelli non sono materassini ma navi. K19 non sa che fare. Si domanda come potrà mai pulire quella piscina senza fine. Per la prima volta ha paura. Arrivato in fondo al molo, si gira, l'esercito è lì. Sta per combattere, ma poi ci ripensa, fa uno scatto e si getta in mare e scompare –. Avevo la bocca secca. Ho preso la bottiglia d'acqua dal comodino e me ne sono versato un bicchiere.

La nonna non si muoveva, si era addormentata.

La storia le aveva fatto schifo.

Mi sono alzato, ma nonna ha sussurrato: – E poi?

– Come e poi?

– Come finisce?

Era finita. Basta. A me questa fine sembrava buona.

4 **avanzare:** hier: vorrücken.
7 **il materassino** (dim.): Luftmatratze.
12 **stare per fare qc:** mit etwas beginnen wollen.
combattere: kämpfen.
12f. **ripensarci:** es sich anders überlegen.

E poi, io odiavo le fini. Nelle fini le cose si devono sempre, nel bene o nel male, mettere a posto. A me piaceva raccontare di scontri tra alieni e terrestri senza una ragione, di viaggi spaziali alla ricerca del nulla. E mi piacevano gli animali selvatici che vivevano senza un perché, senza sapere di morire. Mi faceva impazzire, quando vedevo un film, che papà e mamma stessero sempre a discutere della fine, come se la storia fosse tutta lì e il resto non contasse nulla.

E allora, nella vita vera, anche lì, solo la fine è importante? La vita di nonna Laura non contava nulla e solo la sua morte in quella brutta clinica era importante?

Sì, forse alla storia di K19 mancava qualcosa, ma l'idea del suicidio in mare mi piaceva. Stavo per dirle che era finita, quando, così, mi è venuto fuori un altro finale.

– Questa è la fine. Due anni dopo ci sono degli studiosi che stanno su una spiaggia di un'isola tropicale, di notte, nel giorno della luna piena. Stanno

4 **spaziale** (agg.): Weltraum…
5 **il nulla:** das Nichts.
selvatico/a: wild (lebend).
6 **il perché:** Motiv, Grund.
9 **essere lì** (fam.): sich damit haben, aufhören.
16 **il suicidio:** Selbstmord.
20 **lo studioso / la studiosa:** Forscher(in).
20f. **tropicale** (agg.): tropisch.

nascosti dietro una duna con i binocoli e guardano la riva. A un tratto dall'acqua escono le tartarughe marine, stanno andando a deporre le uova. Le tartarughe si arrampicano sulla sabbia, fanno un buco con le zampe e ci depositano le uova. E arriva pure K19. È tutto coperto di alghe e cozze. Sale lento sulla spiaggia e con i cingoli fa una buca profonda, la copre e poi torna in mare insieme alle tartarughe. La notte dopo dalla sabbia spuntano fuori un sacco di piccole tartarughe. E da una buca spuntano tanti K19 piccoli piccoli, come carri armati giocattolo, e vanno verso il mare insieme alle tartarughine –. Ho preso un respiro. – È finita. Ti piace?

Nonna, a occhi chiusi, ha fatto sì con la testa e in quel momento la porta della stanza si è spalancata ed è entrata un'infermiera tale e quale a John Lennon, con un vassoio di medicine. Non si aspettava di trovare qualcuno ed è rimasta spiazzata.

Ci siamo fissati per un secondo, poi ho bofonchiato un saluto e sono scappato via.

1 **la duna:** Düne.
il binọcolo: Fernglas.
3 **deporre:** (ab)legen.
5 **depositare:** hin(ein)legen.
6 **l'alga:** Alge.
11 f. **il giocạttolo:** Spielzeug.
16 f. **John Lennon:** englischer Musiker (1940–80), berühmt als Mitglied der *Beatles*.
18 **spiazzato/a:** verblüfft.
19 f. **bofonchiare:** brummen.

9

Il Cercopiteco vagava alla deriva per il cortile.

L'osservavo, dall'altra parte della strada, nascosto dietro un cassonetto dell'immondizia. Ogni tanto dava un colpo di scopa e si bloccava, come se gli avessero tolto l'elettricità.

Che idiota, non mi ero portato il cellulare e quindi non potevo fregarlo come l'altra volta. Ero stato troppo tempo da nonna, mancavano ancora due ore alla chiusura della portineria. E Olivia mi stava aspettando.

Dopo un quarto d'ora è arrivato l'ingegner Caccia, quello del quarto piano. Poi dal portone è uscito Nihal con i bassotti e si è messo a parlare, accanto alla fontana, con il Cercopiteco. I due non si amavano. Ma il Cercopiteco aveva un parente che lavorava in una agenzia di viaggi e rimediava biglietti aerei a prezzi speciali ai singalesi del quartiere.

2 **alla deriva:** ziellos.
4 **il cassonetto:** Tonne.
l'immondizia: Müll.
5 **dare un colpo:** einen Str(e)ich machen.
10 **la chiusura:** Schließung.
17 **rimediare** (fam.): vermitteln, besorgen.
18 **il/la singalese:** Singhalese, Singhalesin (Hausangestellte kommen in Italien häufig aus Sri Lanka).

A stare in piedi, nascosto dietro il cassonetto, le gambe cominciavano a farmi male. Mi maledicevo per non essermi portato il telefono.

E per finire è arrivato pure Giovanni, il postino. Grande amico di Nihal. Tutti e tre si sono messi a discutere e non la finivano più. I poveri bassotti che volevano andare a pisciare li guardavano sconfortati.

Basta, dovevo fare qualcosa. Se mi beccavano, pazienza.

Mi sono allontanato e ho attraversato la strada. Poi, di corsa, sono arrivato di fronte al muro del mio palazzo. Era alto, ma una vecchia bougainvillea tutta storta si allungava fino alla sommità.

– Forza Roma allora … Che dobbiamo fa', – ho sentito che diceva il Cercopiteco.

– Stavolta so' cazzi. Totti s'è ripreso. Va be' ciao … – ha detto Giovanni.

2 **maledirsi:** sich verwünschen.
7 **pisciare** (volg.): pissen.
7 f. **sconfortato/a:** verzagt.
10 **pazienza** (inter.): da kann man nichts machen, egal!
13 f. **la bougainvillea:** Bougainvillea (Kletterpflanze mit dornigen Zweigen).
14 f. **la sommità:** Gipfel; hier: Dachhöhe.
16 **Forza Roma:** Anfeuerungsruf des Fußballvereins AS Rom.
18 **so' cazzi** (rom.): es setzt etwas.
Totti: Francesco Totti (geb. 1976), beliebter Spieler des AS Rom.

Oddio, stava uscendo. Mi sono aggrappato e una spina mi ha bucato la mano. Ho stretto i denti, mi sono issato sul muro e con un salto goffo sono atterrato nel giardino della Barattieri.

Ho corso fino al palazzo, pregando che nessuno mi vedesse e mi sono appiccicato al muro.

La finestra che dava sul seminterràto del Cercopiteco era socchiusa.

Almeno una cosa andava nel verso giusto.

L'ho aperta e reggendomi all'infisso mi sono calato nella penombra. Ho allungato le gambe cercando un appoggio e un calore terribile mi ha avvolto il piede sinistro. Trattenendo un urlo sono piombato sulla macchina del gas e da lì, di culo, a terra.

Avevo immerso la scarpa dentro una pentola di pasta e lenticchie che per fortuna era spenta e si stava raffreddando.

Massaggiandomi una chiappa mi sono alzato.

1 **oddio** (inter.): o Gott!
aggrapparsi: sich festklammern.
2 **la spina:** Dorn.
2f. **issarsi:** sich (hoch)hissen, -ziehen.
3 **goffo/a:** unbeholfen.
3f. **atterrare:** landen.
9 **il verso:** hier: Weise, Richtung.
11 **la penombra:** Halbdunkel.
13 **piombare:** plumpsen.
14 **la macchina del gas:** Gasherd, -kocher.
di culo (avv., fam.): mit dem Hintern voraus.
18 **massaggiare:** massieren, reiben.
la chiappa: Hinterbacke.

Le lenticchie erano sparse ovunque come se fosse esplosa una bomba.

E ora? Se non pulivo tutto il Cercopiteco avrebbe visto quel casino e avrebbe pensato …

Ho sorriso.

Ovvio, avrebbe pensato che gli zingari gli erano entrati di nuovo in casa.

Mi sono guardato intorno. Dovevo rubargli qualcosa.

Lo sguardo mi è finito su una statua di Padre Pio che assomigliava a un missile. Era ricoperta da una polverina luccicante che cambiava colore a seconda del tempo.

L'ho presa e stavo per uscire, ma sono tornato indietro e ho spalancato il frigo.

Frutta, una ciotola di riso bollito e una confezione di birra da sei.

Ho preso le birre. Quando sono uscito dalla guardiola il Cercopiteco era ancora in cortile, a parlare con Nihal.

1 **sparso/a:** verstreut.
ovunque: überall.
6 **ovvio** (avv.): klar.
10 **la statua:** Statuette, Figur.
Padre Pio: Padre Pio da Pietralcina, d. i. Francesco Forgione (1887–1968), als Heiliger in Italien hochverehrter Mönch.
11 **assomigliare:** ähneln, gleichen.
12 **la polverina** (dim.): Pulver, Pülverchen.
12 f. **a seconda di qc:** je nach.
16 **la ciotola:** Schüssel.
16 f. **la confezione … da sei:** Sechserpack.

Zoppicando e con una scarpa in mano ho fatto le scale che portavano in cantina. Ho girato la chiave e ho spalancato la porta. – Guarda … Ho le bi…

La statua di Padre Pio mi è scivolata di mano e si è disintegrata sul pavimento.

Olivia era stesa sul mio letto a gambe aperte. Un braccio buttato sul cuscino. Un rivolo di saliva le colava sul mento.

Mi sono messo una mano sulla bocca. – È morta.

Tutti gli armadi erano spalancati, tutti i cassetti tirati fuori, tutti i vestiti buttati ovunque, scatoloni sventrati. Sotto il letto barattoli di medicine aperti.

Continuando a fissare mia sorella mi sono trascinato sul divano.

Mi sono toccato le tempie, pulsavano, nelle orecchie un rombo mi stordiva e gli occhi mi facevano male.

Ero così stanco, mai in vita mia mi ero sentito così stanco, ogni fibra del mio corpo era stanca e m'implorava di riposare, di chiudere gli occhi.

Sì, era meglio se dormivo un po', giusto cinque minuti.

7 **il rivolo:** Rinnsal.
la saliva: Speichel, Spucke.
12 **sventrare:** aufreißen.
15 **la tempia:** Schläfe.
16 **il rombo:** Dröhnen.
stordire: betäuben.
19 **la fibra:** Faser.
21 **giusto** (avv.): nur.

Mi sono tolto la scarpa e mi sono steso sul divano. Sono rimasto lì, non so quanto tempo, a fissare mia sorella e a sbadigliare.

Era una macchia scura allungata sul letto azzurro. Pensavo al suo sangue fermo nelle vene. Al sangue rosso che diventa nero, duro come una crosta e poi diventa polvere.

Le dita della mano di Olivia si muovevano a scatti, come i cani quando sognano.

Ho cercato di mettere a fuoco, gli occhi mi pizzicavano.

Ma mi stavo sbagliando. Era solo la mia immaginazione.

Poi ha mosso un braccio.

Mi sono alzato, sono corso da lei e ho cominciato a scuoterla. Non ricordo cosa le dicevo, ricordo solo che l'ho sollevata dal letto, l'ho stretta tra le braccia e ho pensato che dovevo portarla fuori e che ero abbastanza forte da tenerla tra le braccia, come fosse un cane ferito, e camminare con lei tra le braccia per via Aldrovandi, via delle Tre Madonne, viale Bruno Buozzi …

Olivia ha cominciato a parlare a bassa voce.

– Sei viva! Sei viva! – ho balbettato.

Non capivo cosa diceva.

5 **fermo/a:** still(stehend).
6 **la crosta:** Kruste.
10 **mettere a fuoco** (fig.): klar sehen, erkennen.
10 f. **pizzicare:** kneifen; hier: brennen.

Le ho messo una mano dietro la nuca e ho avvicinato ancora di più l'orecchio.

– Cosa? Cosa hai detto?

Ha gorgogliato: – … dei sonniferi …

– Quanti ne hai presi?

– Due pasticche.

– Stai bene?

– Sì –. Non riusciva a tenere la testa dritta. – Molto meglio … La contessa aveva un sacco di medicine. Roba buona … Dormo ancora un po'.

La vista mi si è velata di lacrime. – Va bene –. Le ho sorriso. – Dormi. Fai bei sogni.

L'ho adagiata sul letto e le ho steso una coperta addosso.

4 **gorgogliare:** gurgeln, gurgelnd hervorbringen.
6 **la pasticca:** Tablette.
11 **la lacrima:** Träne.
13 **adagiare:** hin-, ausbreiten, betten.

10

Per due giorni mia sorella ha continuato a dormire, svegliandosi solo per fare pipì e bere. Io ho rimesso a posto la cantina, ho ammazzato il mostro e ho finito *Soul Reaver.* Ho attaccato a leggere *Le notti di Salem.* Leggevo di metamorfosi vampiresche, di case stregate, di ragazzini coraggiosi capaci di affrontare i vampiri e lo sguardo mi finiva su mia sorella, che dormiva avvolta nella coperta. Sentivo che nella mia tana era protetta, nascosta, che nessuno poteva farle male.

Mia madre mi ha chiamato. – Allora, come va?

– Tutto bene.

– Non chiami mai. Se non ti chiamo io … Ti diverti?

– Molto.

– Sei triste che domani devi tornare?

– Sì. Un po' …

– A che ora partite?

5 **attaccare:** hier: anfangen.
6 **la metamorfosi:** Metamorphose, Verwandlung.
vampiresco/a: Vampir… (*il vampiro:* Vampir).
7 f. **affrontare qu:** sich jdm. entgegenstellen, es mit jdm. aufnehmen.

– Presto. Ci svegliamo e partiamo.

– E oggi che fate?

– Sciamo. Lo sai chi ho incontrato in Tofana?

– No.

Ho guardato mia sorella. – Olivia.

Un attimo di silenzio. – Olivia? Olivia chi? La tua sorellastra?

– Sì.

– Ma dài … È passata qualche giorno fa qui a cercare delle cose. Adesso capisco, forse aveva bisogno di vestiti per la montagna. Ma come sta?

– Bene.

– Veramente? Non pensavo. Papà ha detto che se la passa male … Poveretta, è una ragazza con un sacco di problemi, spero tanto che trovi la sua strada …

– Ma tu, mamma, le vuoi bene?

– Io?

– Sì.

– Sì, le voglio bene ma non è facile averci a che fare. Ma tu ti comporti bene? Sei gentile con la madre di Alessia? Aiuti in casa? Ti rifai il letto?

– Sì.

– Mi sembra molto carina la madre di Alessia. Salutamela e ringraziala ancora.

3 **La Tofana:** Skigebiet in den Dolomiten.
9 **dài** (fam.): hier: sag bloß.
14 **passarsela:** (eine Zeit) durchmachen, dran, drauf sein.
24 **carino/a:** nett.

– Sì … Senti, adesso devo andare …

– Ti voglio bene, pulce.

– Io pure … Ah, la madre di Alessia ha detto che mi porta lei a casa quando arriviamo.

– Ottimo. Quando stai per arrivare a Roma chiamami.

– Va bene. Ciao.

– Ciao, tesoro.

Olivia, con i capelli bagnati e pettinati indietro, un vestito a fiori della contessa, era seduta sul divano e si sfregava le mani. – Allora come festeggiamo la nostra ultima sera?

Dopo tutto quel sonno stava molto meglio. La faccia le si era distesa e diceva che le gambe e le braccia le facevano meno male.

– Una cenetta? – ho detto io.

– Una cenetta. E che mi proponi di buono?

– Be' … – Ho guardato quello che rimaneva nella dispensa. – Ci siamo mangiati quasi tutto. Tonno e carciofini sott'olio? E per dolce i wafer?

– Perfetto.

2 **la pulce:** hier (fig., Kosename): Floh.
9 **pettinare:** kämmen.
11 **sfregarsi:** sich reiben.
festeggiare: feiern.
14 **distendersi:** sich entspannen.
17 **proporre:** vorschlagen.
19 **la dispensa:** Speisekammer.
20 **il wafer** (invar.): Waffelschnitte.

Mi sono alzato e ho aperto l'armadio. – Ho una sorpresa … – Le ho mostrato le birre.

Olivia ha sgranato gli occhi. – Sei un grande! Ma dove le hai trovate?

Ho sorriso. – Dal Cercopiteco. Gliele ho rubate quando sono tornato dall'ospedale. Sono calde …

– Non importa. Ti adoro, – ha detto e ha preso il coltellino svizzero, ne ha stappate due e me ne ha passata una.

– A me la birra non piace …

– Non importa. Dobbiamo festeggiare –. Si è attaccata alla bottiglia e in un sorso se n'è fatta fuori metà. – Madonna quant'è buona la birra.

Io pure mi sono attaccato e ho fatto finta che non mi facesse schifo.

Abbiamo apparecchiato il tavolino con una tovaglia trovata tra le pezze della contessa. Abbiamo acceso una candela e ci siamo fatti fuori tutti i carciofini e due scatolette di tonno. Per dolce i biscotti.

Dopo, a pancia piena, ci siamo buttati sul divano nel buio della cantina con i piedi sul tavolino. La

2 **la sorpresa:** Überraschung.
3 **sgranare:** aufreißen.
7 **adorare** (fig.): vergöttern.
8 **stappare:** entkorken.
9 **passare:** reichen.
13 **Madonna** (fam.): Himmel!
17 **la pezza:** Stoff, Fetzen, Tuch.
20 **la pancia:** Bauch.

fiamma della candela li illuminava. Erano uguali. Bianchi, lunghi e con le dita secche.

Olivia si è accesa una Muratti. Ha sbuffato una nuvola di fumo. – Ma ti ricordi quando andavamo l'estate a Capri?

La birra mi aveva sciolto la lingua. – Non tanto. Mi ricordo solo che c'erano un sacco di scale da fare. E che c'era un pozzo da cui uscivano le lucertole. E i limoni grandi.

– E non ti ricordi quando ti hanno buttato in acqua?

Mi sono girato a guardarla. – No.

– Eravamo sul motoscafo di papà davanti ai Faraglioni.

– Il motoscafo l'ho visto nelle foto. Era di legno lucido. Si chiamava *Sweet Melody II*. C'è pure una foto dove papà fa lo sci d'acqua.

– Lo guidava un marinaio tutto abbronzato, con i capelli ricci e con la catena d'oro. Tu eri terrorizzato dall'acqua. Appena vedevi la spiaggia urlavi se non ti mettevamo i braccioli. Non salivi nemmeno sul traghetto se non li avevi. Insomma, quel giorno eravamo in mare aperto e tutti nuotavano e tu eri

1 **illuminare:** erleuchten, erhellen.
2 **il dito:** hier: Fuß(zehe).
8f. **la lucertola:** Eidechse.
13f. **il faraglione:** charakteristischer (freistehender) Felsen.
19f. **essere terrorizzato/a:** eine Heidenangst haben.
21 **il bracciolo:** Schwimmflügel.
22 **il traghetto:** Fähre.

attaccato alla scaletta come un granchio e ci guardavi. Se qualcuno ti proponeva di fare il bagno cominciavi a fare il pazzo. Poi abbiamo preso i ricci e ce li siamo mangiati con il pane. Papà e il marinaio avevano bevuto un sacco di vino e il marinaio ha raccontato che per togliere la paura dell'acqua ai loro bambini li buttano in mare senza braccioli e salvagente. Affogano un po' ma dopo tutti cominciano a nuotare. Tu te ne stavi nel pozzetto a giocare con i tuoi giochi, ti sono arrivati da dietro, ti hanno sfilato i braccioli e tu hai preso a divincolarti, urlavi come se ti stessero scuoiando, io gli dicevo di lasciarti, ma non mi ascoltavano. E niente, ti hanno buttato in acqua.

La ascoltavo incredulo. – E mia madre non ha fatto niente?

– Non c'era quel giorno.

– E poi che è successo?

Lei ha sorriso. – Sei affondato. Papà si è tuffato a

1 **la scaletta** (dim.): Leiter.
il granchio: Krebs.
3 **il riccio:** Seeigel.
8 **il salvagente:** Schwimmring.
affogare: ertrinken, untergehen.
9 **il pozzetto:** Schacht; hier: Steuerplatz.
10 **il gioco:** hier: Spielzeug.
11 **sfilare:** abstreifen, ausziehen.
11 f. **divincolarsi:** um sich schlagen.
12 **scuoiare:** häuten.
19 **affondare:** untergehen.
tuffarsi: (kopfüber) ins Wasser springen.

prenderti. Ma dopo un attimo sei rispuntato fuori urlando come se ti avesse morso uno squalo. Hai cominciato a sbattere le braccia e … hai nuotato.

– Veramente?

– Sì, a cane, con gli occhi fuori dalle orbite e ti sei aggrappato alla scaletta e sei saltato fuori come se fossi immerso nella lava.

– E poi?

– E poi sei corso in cabina e ti sei rannicchiato sulla cuccetta tremando e respirando a bocca aperta. Papà cercava di calmarti, diceva che eri bravissimo, che eri un grande nuotatore, che non avevi più bisogno dei braccioli. Ma tu continuavi a piangere. Gli urlavi di andarsene.

– E poi?

– Ti sei addormentato di colpo. Sei crollato come se ti avessero anestetizzato. Mai vista una cosa del genere.

– E tu … tu che hai fatto?

– Io mi sono messa accanto a te. Poi il motoscafo è partito. E io e te siamo rimasti in cabina con l'odore della sentina e tutto che vibrava e sbatteva.

1 **rispuntare:** wieder auftauchen.
2 **lo squalo:** Hai.
5 **l'ọrbita:** (Augen-)Höhle.
7 **la lava:** Lava.
10 **la cuccetta:** (Schlaf-)Koje.
12 **il nuotatore / la nuotatrice:** Schwimmer(in).
17 **anestetizzare:** betäuben, narkotisieren.
22 **la sentina:** (im Kielraum, in der Bilge) angesammeltes Wasser.

– Io e te?

– Sì –. Ha fatto un tiro dalla sigaretta. – Io e te.

– Che strano, non mi ricordo niente. Papà non me ne ha mai parlato.

– E certo, aveva fatto una stronzata … E se lo sapeva tua madre se lo mangiava. Ma ora nuoti?

Ho sollevato le spalle. – Sì.

– Non hai paura dell'acqua?

– No. Per un po' ho fatto pure nuoto. Ma ho smesso, con l'acqua nelle orecchie non riesco a pensare. La odio la piscina.

Olivia ha spento la sigaretta nella scatola del tonno. – Qual è la cosa che odi di più al mondo?

Ce n'erano tante. – Forse le feste a sorpresa. Due anni fa mia madre me ne ha fatta una. Tutta quella gente che mi faceva gli auguri. Un incubo. Pure il capodanno mi fa abbastanza schifo. E tu?

– Io … Fammi pensare. Io odio i matrimoni.

– Sì fanno schifo pure quelli.

– Aspetta! – Olivia si è alzata. – Guarda che ho trovato –. Ha preso una valigia squadrata rossa. L'ha aperta. Dentro c'era un giradischi. – Chissà se funziona ancora.

L'abbiamo attaccato alla corrente e il piatto girava. Ha cominciato a cercare dentro uno scatolone

9 **per un po':** hier: *per un po' di tempo.*
14 **a sorpresa:** Überraschungs…
23 **il giradischi:** Plattenspieler.

pieno di dischi. – No … Guarda qui, che meraviglia –. Ha tirato fuori un 45 giri e me lo ha mostrato. – Adoro questa canzone –. Lo ha poggiato sopra il giradischi e insieme a Marcella Bella ha cominciato a cantare con la voce incerta: – Mi ricordo montagne verdi e le corse di una bambina con l'amico mio più sincero, un coniglio dal muso nero …

Ho abbassato un po' il volume. – Piano … Piano … Ci possono sentire. La Barattieri, il Cercopiteco …

Ma Olivia non ascoltava. Mi ballava davanti facendo tutte onde con il corpo e cantava a bassa voce: – Poi un giorno mi prese il treno, l'erba, il prato e quello che era mio scomparivano …

Mi ha afferrato le mani e guardandomi con quegli occhi liquidi mi ha tirato verso di lei. – Il mio destino è di stare accanto a te, con te vicino più paura non avrò, e un po' bambina tornerò.

Ho sbuffato e vergognandomi ho cominciato a ballare. Ecco la cosa che odiavo di più. Ballare.

Ma quella sera invece ho ballato e mentre ballavo una sensazione nuova, di essere vivo, mi toglie-

1f. **che meraviglia:** wie schön (*la meraviglia:* Wunder).
2 **un (disco a) 45 giri:** (Single-)Schallplatte (*il giro:* Umdrehung).
2f. **mostrare:** zeigen.
4 **Marcella Bella:** italienische Schlagersängerin (geb. 1952), mit dem Lied *Montagne Verdi* von 1972.
5 **incerto/a:** unsicher.
16 **liquido/a:** flüssig, wässrig.
18 **tornare:** hier: wieder zu etwas, jd. werden.

va il fiato. Tra poche ore sarei uscito da quella cantina. E sarebbe stato di nuovo tutto uguale. Eppure sapevo che oltre quella porta c'era il mondo che mi aspettava e io potevo parlare con gli altri come fossi uno di loro. Decidere di fare le cose e farle. Potevo partire. Potevo andare in collegio. Potevo cambiare i mobili della mia stanza.

La cantina era buia. Sentivo il respiro regolare di mia sorella sdraiata sul divano.

Si era fatta fuori cinque bottiglie di birra e un pacchetto di Muratti.

Non riuscivo ad addormentarmi. Avrei voluto parlare ancora, ripensavo al furto dal Cercopiteco, a quando avevo visto gli altri partire per la settimana bianca, alla cena con le birre e io e mia sorella che chiacchieravamo come i grandi, che ballavamo *Montagne verdi.*

– Olivia? – ho sussurrato.

Ci ha messo un po' a rispondere. – Sì.

– Dormi?

– No.

– Che farai quando usciamo di qui?

– Non lo so … Forse parto.

– Dove vai?

– Ho una specie di fidanzato che vive a Bali.

6 **il collegio:** Internat.
13 **il furto:** Diebstahl.

– Bali? In Indonesia?

– Sì, insegna yoga e fa i massaggi in un posto sul mare pieno di palme. Ci sono un sacco di pesci colorati. Voglio capire se stiamo ancora insieme. Voglio provare a essere la sua donna davvero. Se lui vuole …

– La sua donna, – ho mormorato con la bocca sul cuscino.

Era fortunato quello lì. Poteva dire: – Olivia è la mia donna. – Avrei voluto andarci pure io a Bali. Prendere l'aereo insieme a Olivia. E ridere facendo la fila al check-in senza bisogno di dirci niente. Io e lei che voliamo verso i pesci colorati. E Olivia avrebbe detto al suo ragazzo: – Questo è Lorenzo, mio fratello.

– Come si chiama il tuo fidanzato? – ho chiesto facendo fatica a parlare.

– Roman.

– È simpatico?

– Sono sicura che ti piacerebbe.

Era bello che Olivia mi conoscesse abbastanza da sapere che mi sarebbe piaciuto il suo fidanzato. – Senti ti devo dire una cosa … Io ho detto che andavo a sciare a Cortina perché ho fatto un casino. Ero a scuola e ho sentito dei miei compagni di classe che andavano a sciare. A me non mi avevano invitato. E a me non me ne frega niente di andare a

9 **essere fortunato/a:** Glück haben.

fare le gite con gli altri. E invece sono tornato a casa e ho detto a mamma che pure io ero stato invitato. E lei ci ha creduto ed era contenta e si è messa a piangere e non ho avuto più il coraggio di dirle la verità e quindi mi sono nascosto qui. Sai una cosa? Da quel giorno ho continuato a cercare di capire perché le avevo detto quella bugia.

– E lo hai capito?

– Sì. Perché ci volevo andare. Perché volevo sciare con loro, io sono bravo a sciare. Perché volevo fargli vedere le piste segrete. E perché non ho amici … E volevo essere uno di loro.

Ho sentito che si alzava.

– Fammi spazio –. Mi sono spostato e lei mi si è sdraiata accanto e mi ha abbracciato forte. Ho sentito il suo ginocchio ossuto. Le ho messo una mano su un fianco, le potevo contare le costole, poi le ho carezzato la schiena. Sotto le dita, le vertebre appuntite. – Olivia, mi fai una promessa?

– Cosa?

– Che non ti droghi più. Mai più.

– Te lo giuro su Dio. Mai più. Non ci casco più in questa merda, – lei mi ha sussurrato in un orecchio. – E tu scemo mi prometti che ci rivedremo?

– Te lo prometto.

16 **ossuto/a:** knochig.
17 **la costola:** Rippe.
18 **la vertebra:** Wirbel.
18f. **appuntito/a:** spitz.

Quando mi sono svegliato mia sorella era andata via.

Mi aveva lasciato un biglietto.

Cividale del Friuli
12 gennaio 2010

Bevo un sorso di caffè e rileggo il biglietto.

Caro Lorenzo,
mi sono ricordata che un'altra cosa che odio sono gli addii e quindi preferisco filare prima che ti svegli.

Grazie per avermi aiutata. Sono felice di aver scoperto un fratello nascosto in una cantina.

Ricordati di mantenere la promessa.

Tua,
Oli

P. S. Attento al Cercopiteco.

Oggi, dopo dieci anni, la rivedo per la prima volta da quella notte.

Ripiego il biglietto e lo rimetto nel portafogli. Prendo la valigia ed esco dall'albergo.

Tira un vento freddo ma un sole pallido si è fatto spazio tra le nuvole e mi scalda la fronte. Mi alzo il bavero della giacca e attraverso la strada. Il trolley fa rumore sui sampietrini.

4 **l'addio:** Abschied.
filare (fam.): abhauen.
14 **ripiegare:** zusammenfalten.
16 **pallido/a:** blass, fahl.
18 **il bavero:** Kragen.

La via è questa. Entro in un portone di pietra che dà su un cortile quadrato pieno di macchine.

Un portiere mi indica dove andare. Apro la porta a vetri.

– Dica?

– Sono Lorenzo Cuni.

Mi fa segno di seguirlo lungo un corridoio. Si ferma davanti a una porta. – Ecco.

– Il trolley?

– Lo lasci qui.

La stanza è grande, coperta di mattonelle bianche. Fa freddo.

Mia sorella è stesa su un tavolo. Un lenzuolo la copre fino al collo. Mi avvicino. Faccio fatica a mettere un piede davanti all'altro.

– È lei? La riconosce?

– Sì … È lei –. Mi avvicino ancora un po'. – Come avete fatto a trovarmi?

– Nel portafogli di sua sorella c' era un foglietto con il suo numero.

– Posso rimanere con lei?

– Cinque minuti –. Esce e chiude la porta.

Sollevo il lenzuolo e le prendo la mano giallognola. È magra come nella cantina. Il volto è disteso ed è sempre bellissima. Sembra che stia dormendo.

Mi piego su di lei e le metto il naso sul collo.

9 **il trolley** (ingl., invar.): Rollkoffer.
19 **il foglietto** (dim.): Zettel.
23 f. **giallognolo/a:** gelblich.

Olivia Cuni è nata a Milano il 25 settembre 1976 ed è morta nel bar della stazione di Cividale del Friuli il 9 gennaio 2010 per overdose. Aveva trentatre anni.

3 **l'overdose** f. (ingl., invar.): Überdosis (an Drogen).

Editorische Notiz

Der italienische Text folgt der Ausgabe: Niccolò Ammaniti, *Io e te*, Torino: Enaudi, 2010. Das Glossar enthält alle Wörter, die nicht im *Thematischen Grund- und Aufbauwortschatz Italienisch* von Luciana Feinler-Torriani und Gunter H. Klemm (Stuttgart: Klett, 2001) verzeichnet sind. Dabei wird die Kenntnis des Grundwortschatzes vorausgesetzt.

Sofern bei Wörtern die Betonung nicht wie üblich auf der vorletzten Silbe liegt, wird sie im Glossar durch einen Punkt unter dem entsprechenden Vokal gekennzeichnet (*ạnima*, *innọcuo*, *lucẹrtola*). Ist von zwei Endvokalen einer betont, so wird dies ebenfalls hervorgehoben (*empatịa*, *licẹo*). Dagegen erhalten Wörter mit zwei unbetonten Endvokalen keine besondere Kennzeichnung (*diario*, *immondizia*, *specie*). Angaben zum Genus eines Substantivs erfolgen nur, wenn weder der Artikel noch die Wortendung Klarheit schaffen.

Im Glossar verwendete italienische Abkürzungen

accr.	accrescitivo (Vergrößerungsform)
agg.	aggettivo
agg. sost.	aggettivo sostantivato
avv.	avverbio
dim.	diminutivo (Verkleinerungsform)
f.	femminile
fam.	familiare (umgangssprachlich)
fig.	figurato (übertragen)
inter.	interiezione

invar.	invariabile
lett.	letterario
m.	maschile
pl.	plurale
qc	qualcosa
qu	qualcuno
reg.	regionale
rom.	romano
spreg.	spregiativo (abwertend)
volg.	volgare (vulgärsprachlich)

Bedeutungsvarianten durch Suffixe

diminutivo: *-ino*, *-ina*; *-etto*, *-etta*; *-ello*, *-ella*; *-otto*, *-otta*.
accrescitivo: *-one*, *-ona*.
spregiativo: *-accio*, *-accia*.

Literaturhinweise

1. Werke von Niccolò Ammaniti

Romane

Branchie. Torino: Einaudi, 1997. – Urspr.: *Branchie!*, Roma: Ediesse, 1994.

L'ultimo capodanno [aus: *Fango*]. Milano: Mondadori, 1997.
Dt. *Die letzte Nacht auf den Inseln.* Aus dem Ital. von Henry Arnold. München: Goldmann, 1998. – Tb.-Ausg. u. d. T.: *Die letzte Nacht.* Frankfurt a. M.: Fischer, 2010.

Ti prendo e ti porto via. Milano: Mondadori, 1999.
Dt. *Fort von hier.* Aus dem Ital. von Ulrich Hartmann. München: Goldmann, 2001.

Io non ho paura. Torino: Einaudi, 2001.
Dt. *Die Herren des Hügels.* Aus dem Ital. von Ulrich Hartmann. München: Bertelsmann, 2003. – Tb.-Ausg. u. d. T.: *Ich habe keine Angst.* München: Goldmann, 2004.

Come Dio comanda. Milano: Mondadori, 2006.
Dt. *Wie es Gott gefällt.* Aus dem Ital. von Katharina Schmidt. Frankfurt a. M.: Fischer, 2008. – Tb.-Ausg. 2010.

Che la festa cominci. Torino: Einaudi, 2009.

Io e te. Torino: Einaudi, 2010.
Dt. *Du und Ich.* Aus dem Ital. von Ulrich Hartmann. München: Piper, 2012.

Erzählsammlungen

Fango. Milano: Mondadori, 1996.
Mit Daniele Brolli und Davide Fabbri: ***Fa un po' male.*** Torino: Einaudi, 2004.

Erzählungen

Mit Luisa Brancaccio: ***Seratina.*** In: Daniele Brolli (Hrsg.): Gioventù cannibale. La prima antologia italiana dell'orrore estremo. Torino: Einaudi, 1996.
Alba tragica. In: Valerio Evangelisti (Hrsg.): Tutti i denti del mostro sono perfetti. Milano: Mondadori, 1997.
La pizza posseduta. In: La Bestia. Rivista di Cultura 1 (1997) S. 38–42.
Mit Jaime D'Alessandro: ***Enchanted Music & Light Records.*** In: Il fagiano Jonathan Livingston. Manifesto contro la new age. Roma: Minimum Fax, 1998.
L'amico di Jeffrey Dahmer è l'amico mio. In: Daniele Brolli (Hrsg.): Italia odia. Dieci volti del noir italiano. Milano: Mondadori, 2000.
Fa un po' male. In: MicroMega (2002).
Mit Antonio Manzini: ***Sei il mio tesoro.*** In: Giancarlo De Cataldo (Hrsg.): Crimini. Torino: Einaudi, 2005.
Dt. *Mein Ein und Alles*. In: Giancarlo De Cataldo (Hrsg.): Ich weiß um deine dunkle Seele. Italien-Krimis. Bergisch-Gladbach: Ed. Lübbe, 2006. – Tb.-Ausg. 2008.
Mit Antonio Manzini: ***Giochiamo? Due racconti letti dagli autori.*** Milano: Mondadori, 2008.

Sonstige Werke

Mit Massimo Ammaniti: ***Nel nome del figlio. L'adolescenza raccontata da un padre e da un figlio.*** Milano: Mondadori, 1995.
Anche il sole fa schifo. Roma: Radiotelevisione Italia, 1997.

Verfilmungen

L'ultimo capodanno. 1998. Regie: Marco Risi. Drehbuch: Marco Risi und Niccolò Ammaniti.
Branchie. 1999. Regie: Francesco Ranieri Martinotti. Drehbuch: Niccolò Ammaniti.
Io non ho paura. 2003. Regie: Gabriele Salvatores. Drehbuch: Niccolò Ammaniti und Francesca Marciano.
Come Dio comanda. 2008. Regie: Gabriele Salvatores. Drehbuch: Niccolò Ammaniti, Antonio Manzini, Gabriele Salvatores.

2. Sekundärliteratur (Auswahl)

Adamo, Giulia: Riflessioni sulle opere di due scrittori italiani contemporanei: Niccolò Ammaniti e Diego de Silva. In: The Italianist 27 (2007) S. 166–184.
Barenghi, Mario: I cannibali e la sindrome di Peter Pan. In: Spinazzola 1997. S. 34–40.
Bianchi, Alberto: L'autenticità dell'immagine: Lo specchio catodico di Niccolò Ammaniti. In: Narrativa 20–21 (2001) S. 337–348.
Bonsaver, Guido: Raccontare all'»americana«: *Io non ho paura* tra autodiegesi letteraria e soggetiva cine-

matografica. In: Giulia Adamo (Hrsg.): Narrativa italiana recente. Note su vari autori e problemi degli anni Novanta e del nuovo millennio e su Niccolò Ammaniti, Silvia Ballestra, Stefano Benni, Diego de Silva, Dacia Maraini, Melania Mazzucco, Simona Vinci. Torino 2005. S. 53–74.

Brolli, Daniele: Le favole cambiano. In: Ders. (Hrsg.): Gioventù cannibale. La prima antologia italiana dell'orrore estremo. Torino 1996. S. 5–44.

Cardone, Raffaele / Galato, Franco / Panzeri, Fulvio (Hrsg.): Altre storie. Inventario della nuova narrativa italiana fra anni '80 e '90. Milano 1996.

Cesari, Severino: Narratori dell'eccesso. In: La Bestia 1 (1997) S. 24–36.

Ferme, Valerio: Note su Niccolò Ammaniti e il fango di fine millennio. In: Narrativa 20–21 (2001) S. 321–335.

Grabienski, Olaf: »Cazzo che elettroshock!«. Die Erzählungen Niccolò Ammanitis. In: Felice Balletta und Angela Barwig (Hrsg.): Italienische Erzählliteratur der Achtziger und Neunziger Jahre. Zeitgenössische Autorinnen und Autoren in Einzelmonographien. Frankfurt a.M. [u.a.] 2003. S. 431–441.

Guglielmi, Angelo: *Come Dio comanda* di Niccolò Ammaniti. In: Ders.: Il romanzo e la realtà. In: Cronaca degli ultimi sessant'anni di narrativa italiana. Milano 2010. S. 325–329.

La Porta, Filippo: La nuova narrativa italiana. Torino 1999.

Lardo, Cristiana / Pierangeli, Fabio (Hrsg.): L'ultima letteratura italiana. Scrittori a Tor Vergata. Interventi ed interviste. Roma 1999.

Magni, Stefano: Voci e punti di vista in *Fango* di Ammaniti. In: Narrativa 20–21 (2001) S. 305–319.
Manzi, Attilio: Una fiaba per il terzo millennio: *Branchie* di Niccolò Ammaniti. In: Hans Felten und David Nelting (Hrsg.): »... una veritade ascosa sotto bella menzogna«. Zur italienischen Erzählliteratur der Gegenwart. Frankfurt a.M. [u.a.] 2000. S. 175–185.
Pischedda, Bruno: Postmoderni di terza generazione. In: Vittorio Spinazzola (Hrsg.): Tirature '98. Autori, editori, pubblico. Una modernità da raccontare: la narrativa italiana degli anni novanta. Milano 1997. S. 41–45.
Rajewsky, Irina O.: Intermediales Erzählen in der italienischen Literatur der Postmoderne: Von den giovani scrittori der 80er zum pulp der 90er Jahre. Tübingen 2003.
Sinibaldi, Marino: Pulp. La letteratura nell'era della simultaneità. Roma 1997.
Spinazzola, Vittorio (Hrsg.): Tirature '98. Autori, editori, pubblico. Una modernità da raccontare: la narrativa italiana degli anni novanta. Milano 1997.

Nachwort

1.

Mit *Io e te* ist Niccolò Ammaniti (geb. 1966) definitiv in der Mitte der italienischen Wirklichkeit angekommen. Die Erzählung ist keine groteske Abenteuergeschichte wie sein erstes Buch *Branchie* (1994), in dem sich der Protagonist wie ein Comic-Held durch Raum und Zeit beamt. Es ist kein cinematographisches Horrorspektakel wie die Geschichten des Bandes *Fango* (1996) und später der irrwitzige Roman *Che la festa cominci* (2009). Ammaniti hat auch hier nicht wie in dem Roman *Ti prendo e ti porto via* (1999) die volkstümliche Sentimentalität der Telenovelas persifliert oder wie in *Come Dio comanda* (2006) in der Manier des realistischen Romans die Elenden des Großstadtrands, die von der Wohlstandsgesellschaft Ausgespuckten, zu Protagonisten gemacht.

Er ist ebenfalls nicht – in der Nachfolge der Neorealisten – in die menschenleere süditalienische *campagna* zurückgekehrt, wo er sein erfolgreichstes Werk, den Roman *Io non ho paura* (2004), spielen lässt.

In *Io e te* (erschienen 2010) befinden wir uns im Rom des Jahres 2000, in einer Gegenwart und in einem Milieu, die dem Autor so vertraut sind, dass er nur wenige Angaben braucht, um sie zu kennzeichnen. Besserverdienende wohnen in einer möglichst ruhigen und – durch einen Portier – gepflegten Wohnanlage. Die Haushalte sind klein, die Einkindfamilie statistische Normalität, und dazu kommt die Realität der Patchworkfamilie. Die Sorgen, die es dort gibt,

Niccolò Ammaniti (2011)

sind nicht existentieller Natur, sondern betreffen das Bemühen, den hohen Lebensstandard zu halten und zu dokumentieren: durch die Wahl der »richtigen« Freunde und Aktivitäten, der »richtigen« Statussymbole und natürlich mit der Auswahl der »richtigen« Schule für den Nachwuchs.

Daran knüpft Ammaniti mit seiner Erzählung an. Er hat für die Geschichte des jungen Lorenzo auch Versatzstücke seiner eigenen Wirklichkeit verwendet. Das Buch ist, erstmals, seinen Eltern gewidmet. Niccolò Ammaniti ist in das gutbürgerliche Milieu hineingeboren, das er hier schildert. Die Schauplätze der Erzählung – die wenigen topographischen Angaben beziehen sich auf das nördliche Stadtgebiet (Zoo, Museo d'Arte moderna, via Flaminia, Villa Borghese) – liegen im selben Bereich, in der Nähe des Parks von Villa Ada, wo auch Ammaniti aufwuchs. Seine Familie gehört, wie die Lorenzos, dem Bildungsbürgertum an. Insofern war auch sein schulischer Weg vorgezeichnet – und von Schwierigkeiten, die vor allem von seiner phantasievollen Eigenwilligkeit herrührten, geprägt.[1]

2.

Um den Anforderungen und Zwängen des familiären Alltags zu entgehen, zog sich auch Ammaniti als Junge gern in eine ›Höhle‹ zurück, die er sich im Keller seines Elternhauses eingerichtet hatte[2] – allerdings mit Wissen der Eltern. Als Kinder- und Jugendpsychotherapeut konnte der Vater die Entwicklung seiner Kinder verständnisvoll begleiten. Dennoch war der Berufsweg – über die Universität – für den Jungen vorgegeben. Niccolò entscheidet sich, seinen Neigungen folgend, für Biologie, kommt aber mit dem Studium nicht recht voran. In der Erzählung *Lo zoologo* aus dem Band *Fango* hat er die Aussicht auf eine akademische Karriere als Horrorvision dargestellt: Andrea Milozzi, ein Biologiestudent aus Rom, der mit seinem Studium reichlich in Verzug ist, bereitet sich endlich doch auf das Abschlussexamen vor. Auf dem späten Heimweg von seiner Lerngruppe stößt er im nächtlichen Rom auf ein paar »fascistelli di strada« (dt. rechte Schläger), die einen Schwarzen zusammen-

1 Vgl. www.terzapagina.fondazionebellonci.it/archivio/niccolò-ammaniti, Interview mit Schülern vom 25. Januar 2011 (Zugriff am 25. Januar 2012).
2 Ebd.

schlagen. Andrea, ein freundlicher junger Mann, kommt ihm zu Hilfe, wird aber dafür seinerseits von den Angreifern mit einem Messerstich getötet. Das muss aber beim filmerfahrenen Erzähler Ammaniti nicht das Ende sein: Tatsächlich ist der Schwarze ein Magier und Medizinmann, der Andrea – als Zombie – wieder zum Leben erwecken kann. Sein Kopf ist jetzt um 180 Grad verdreht, er stößt Tierlaute aus und leckt den Boden auf. Nur eines ist ihm aus seiner früheren menschlichen Existenz geblieben: das zoologische Wissen. Mit diesem kehrt er an die Universität zurück, macht ein Einserexamen und erwirbt sich akademische Würden durch die Katalogisierung des Ungeziefers der römischen Kloaken. »Gli studenti, che sono persone indulgenti, lo amavano […]. Nel mondo di quei morti di professori universitari solo Andrea gli sembrava vivo.«[3]

Vor einem solch traurigen Leben wurde Ammaniti, wie er gerne erzählt, durch einen Freund mit der Bitte um eine Erzählung für seinen neu zu gründenden Verlag Ediesse bewahrt.[4] Ammaniti schreibt sich, statt seiner Diplomarbeit, *Branchie* (dt. »Kiemen«) aus dem Kopf, eine Geschichte voller zoologischer Implikationen, und wird damit sofort bekannt.

Die Tür hat sich aufgetan zu einer Schriftstellerkarriere, die den medienfreundlichen Ammaniti zum Gesicht der jüngeren italienischen Literatur werden lässt: Er verfasst nicht nur Erzählungen und Romane, sondern ist auch, oft mit anderen Verfassern zusammen,

3 *Fango*, S. 230.
4 Interview auf Repubblica Radio TV vom 2. November 2009 mit Silvia Luperini und Valentina Desalvo.

Comic- und Drehbuchautor. Seine Werke erscheinen mittlerweile in über 40 Ländern.

3.

Zu Beginn seiner Karriere hat Ammaniti gemeinsam mit seinem Vater ein Buch geschrieben, *Nel nome del figlio. L'adolescenza raccontata da un padre e da un figlio.*[5] In ihm werden entscheidende Aspekte des Erwachsenwerdens vom Therapeuten Massimo Ammaniti dokumentiert und vom Erzähler Niccolò Ammaniti illustriert. Die Loslösung von der Familie wird in exemplarischen Situationen dargestellt, wobei es dabei nach Massimo Ammaniti heute nicht mehr um einen stufenweisen Prozess geht, an dessen Ende »der Erwachsene« steht, sondern um Formen der Rebellion gegen die elterliche Autorität, die in einen ewigen Kampf um die Verwirklichung des eigenen Ich münden. Dabei behält der Vater bzw. die Elterngeneration aber als Gegenpol eine entscheidende Bedeutung. Nur in der Auseinandersetzung mit ihm kann das Erwachsenwerden gelingen.

Vor diesem Hintergrund ist der kurze Roman *Io e te* im Kern auch als psychologische Fallstudie zu lesen. Angesichts seiner zerstreuten, vorwiegend mit sich selbst und ihrer gesellschaftlichen Rolle beschäftigten Eltern kann Lorenzo nicht ›wachsen‹. Er wird zuerst, ganz traditionell, von einer Kinderfrau aus dem südlichen Umland, und dann, als Einzelkind, von Au-pair-Mädchen erzogen. Der Haushalt funktioniert dank ei-

5 Vgl. die Literaturhinweise.

nes Angestellten. Der Vater ist im Büro, die Mutter im Fitnessstudio oder in ihrer Kunstgalerie. Die Komplizenschaft mit der Großmutter wird mit deren schwindender Lebenskraft hinfällig. »Lorenzo cresce come una pianta abbandonata in un angolo: a dargli acqua ci pensa qualcun altro.«[6]

Mit Vergleichen aus dem Bereich der Biologie wird auch seine weitere Entwicklung geschildert. Der Junge hat seit dem Kindergarten Probleme mit der Außenwelt. Seine Wutanfälle verstören die Eltern, die daraufhin besorgt einen Therapeuten einschalten. Von Ammaniti wird dieser als Karikatur dargestellt, der bei dem anpassungsfähigen Lorenzo nichts ausrichten kann. Er tarnt sich wie ein Insekt: »Mi mimetizzavo come un insetto stecco tra i rami secchi« (S. 39), um nicht weiter negativ aufzufallen. In der Gemeinschaftsschule, der privaten *scuola media*, die er nach der Grundschule besucht, verfeinert er seine Technik der Tarnung, indem er – als Torwart, nicht als Teamspieler – in der Fußballmannschaft unterschlüpft. Sein wahres Selbst ist jetzt schon so weit verborgen, dass er sich meist wie ein künstliches Wesen fühlt.

4.

Die Eltern freuen sich über die Anpassung und schicken den Jungen nach der *scuola media* wieder auf ein öffentliches Gymnasium. Dort reichen seine Tarnmechanismen aber nicht mehr aus. Er kann nicht

6 Niccolò Ammaniti: »Per certe storie ho fiuto«, in: http://archivio.grazia.it/people/autori/niccolo-ammaniti-per-certe-storie-ho-fiuto (Zugriff am 25. April 2012).

als »Sardine im Schwarm« (»come una sardina in un banco di sardine«, S. 39) abtauchen, sondern muss zur Täuschung übergehen und sich der Gruppe der Meinungsführer anschließen, um nicht »lapidato«, »gesteinigt« zu werden (S. 45). Mit vierzehn können auch Würfe mit dem Schwamm sehr weh tun.

Wichtig für die Mimikry ist das Äußere: Lorenzo kleidet sich jetzt in die ›richtigen‹ Marken und pflegt den angesagten vernachlässigten Look seiner Mitschüler. Manchmal bekommt er ob der Maskerade selbst Angst: Wo bleibt sein wahres Ich? »Avrei dovuto imitarli per tutto il resto della vita?« (S. 48) Das macht keine Lust auf das Erwachsenenleben. Er fühlt sich jetzt mit seiner Maskerade verwachsen wie ein Täuschinsekt. Auch die Menschen in seiner Umgebung, z.B. den Portier, nimmt er grotesk verzerrt, in Tiervergleichen, wahr.

Ehe aber sein Ich ganz in der Täuschung aufgegangen ist, kommt es zu der entscheidenden Kränkung durch die *peer group*: Er wird nicht zu der Skireise eingeladen, obwohl er das Ziel gut kennt und den anderen dort auch mit seinen Skifahrerkünsten imponieren könnte. Daraufhin kommt es zur Regression, zum Rückzug in den Keller.

Nur die Verbindung zur Mutter bleibt als ›Nabelschnur‹, über das Handy, bestehen. Bei aller Distanz hat Lorenzos Beziehung zu ihr eine stark ödipale Komponente. Er hat ihren Geruch, ihre Bewegungen und Gewohnheiten so in sich aufgesogen, dass er sie auch in seiner ›Höhle‹ jederzeit abrufen kann. Ein Lied, das er mit in das Versteck genommen hat, bringt ihm diese Verbindung noch unmittelbarer zurück. Lucio Battisti singt in *Ancora tu* von einer Beziehung, aus der sich der Liebende trotz aller Anstrengung nicht lösen kann: »Lasciarti non è possibile«, so lautet der Refrain. Und dieses Lied erinnert ihn an eine Situation, in der seine Schwäche besonders augenfällig wurde: An einem regennassen Feierabend wurde das Auto der Mutter im Stadtzentrum von Rom angefahren. Gerade eben hatte er noch, anlässlich des Liedes, von einer gemeinsamen Evasion mit ihr geträumt. Ihr Wunsch, sich ein – in seinen Augen zu tief ausgeschnittenes – Kleid in einer Boutique näher anzusehen, hatte die Idylle zerrissen. Die Mutter wird als erotisches Wesen sichtbar, ihre Wünsche gehen über seine Möglichkeiten hinaus. Deshalb kann er sie auch nicht gegen das römische Vorstadt-»Monster« verteidigen, das als Besitzer des Kleinwagens neben ihr auftaucht. Er bleibt vor Angst blockiert im Fahrzeug sitzen, fühlt sich völlig leer, »una pila scarica« (S. 74), sucht gedanklich Fluchtwege, ist aber wie von einem »gigante di pietra«, einem steinernen Riesen (S. 76) gelähmt und wird schließlich ohnmächtig. Er ist nicht der Held und Retter seiner Mutter, sondern nur das dürre Kerlchen, das er im Spiegel seines Kellers erblickt (S. 57).

5.

Nun sucht Lorenzo dort nach seiner Rolle. Vor dem Spiegel probiert er spielerisch die Kleider der Gräfin an, die er unter dem Gerümpel gefunden hat. Da bietet ihm die Wirklichkeit Gelegenheit zu einer neuen Rolle. Seine Halbschwester Olivia stöbert ihn überraschend in seinem Versteck auf. Bislang hat sie in seinem Leben keine Bedeutung gehabt. Sie gehört zur Vergangenheit seines Vaters, als dieser »con una dentista«, »mit einer Zahnärztin« verheiratet war (S. 83). Bei ihrer einzigen Begegnung hatte Lorenzo ein wunderschönes, faszinierendes Mädchen gesehen, das den damals Zwölfjährigen zum Träumen brachte (S. 84).

Diese »regina di un regno medievale« bricht also unversehens in sein Zauberreich ein. Von ihrer strahlenden Schönheit ist jetzt, zwei Jahre später, nichts mehr zu sehen. Sie ist verwahrlost und kurz angebunden. Nur notgedrungen lässt er sie bei sich unterkommen. Olivia braucht einen Unterschlupf, sie braucht Geld, und sie braucht schließlich auch Medizin, um ihren kalten Entzug durchzustehen. Was als Erpressung begann, wird schließlich zum gegenseitigen, erneuerten Hilfspakt: So wie ihm Olivia als kleinem Jungen beigestanden hatte, als ihn der Vater buchstäblich ins kalte Wasser warf, so steht Lorenzo ihr jetzt bei ihrem Entzug bei. Einmal gefordert und als Helfer bestätigt, kann auch er offen sein und gesteht Olivia seine Schwäche ein. Der steinerne Riese hat ihn freigegeben: »Il gigante che mi teneva contro il suo petto di pietra mi aveva liberato« (S. 125). Somit ist für ihn der Weg frei geworden, heraus aus der Höhle und weiter hinein in ein konkretes Erwachsenenleben mit Pflichten und Verantwortung für andere.

Olivia dagegen wird den Weg nicht finden. Sie hat keinen Vater mehr, mit dem sie sich auseinandersetzen kann. Ihre Wünsche werden mit Geld abgegolten. Ihr bitterer Brief an den Vater, in dem sie ihn einen Meister der Verdrängung und des Schweigens nennt (»il maestro della repressione e del silenzio«, S. 96), stößt bei dem behüteten Lorenzo auf Unverständnis. Sie bleibt, auf dem Weg nach Bali, weiterhin auf der Suche nach dem verlorenen Paradies. Ihre nicht erzählte Geschichte ist der doppelte Boden der Erzählung.

Lorenzo wird mit der traumatischen Erfahrung ihres Verlusts weiterleben müssen. Denn das Erwachsenwerden, der Realitätsgewinn ist immer auch ein Verlust; der Verzicht auf die Möglichkeiten in dem absoluten Phantasiereich, das sich ein Kind bis in seine Jugendjahre hinein schaffen kann: »È la fase di trasformazione in cui si perde la fantasia, la capacità di inventare il mondo attraverso le immagini legate al gioco e ai sogni, per entrare in un universo differente, governato dalle regole e in cui tutti hanno un ruolo. Comporta sempre un dolore, quello della perdita dell'infanzia, e l'inizio della relazione con gli altri.«[7]

6.

Dem Zauberreich der Phantasie hat Ammaniti auch in *Io e te* nachgespürt. Lorenzo will mit seinen Büchern und Spielen die Märchentage seiner Kindheit verlängern. Sie sind das Element, das ihn am Leben hält. Die Märchenwelt geht unmerklich in die Horrorgeschichten über, die er sich aus Comics und Filmen zusammensetzt. Seiner Großmutter erzählt er z. B. ein abstruses Märchen aus der Roboterwelt. Doch solche Geschichten werden nur um des Erzählens willen erzählt. Ihr Ende ist beliebig (S. 141).

Ähnliches gilt in gewisser Weise auch für Ammani-

7 Vgl. *archivio grazia* (Anm. 6).

tis eigene literarische Produktion. Seine Romane und Erzählungen sind vielfach vor allem von der Lust am grotesken Einfall, von einem lexikalisch überbordenden Erzähldrang gekennzeichnet. Er spricht selbst von der Freude am Erzählen, mit der die des Schreibens nicht mithalten könne.[8] Die Kritik allerdings hat ihn dafür der Inkohärenz, der assoziativen Schreibweise und auch der stilistischen Schwäche geziehen.[9]

In dem Roman *Io e te* ist aber durchaus ein – und sei es negatives – Stilbewusstsein zu erkennen. Ammaniti hat seinen Stil hierfür »ausgetrocknet«, wie er sagt, die Ausdruckskraft reduziert auf den Jargon eines Jugendlichen, dem das Leben so egal ist, dass ihm auch egal sein kann, ob die Worte passen oder nicht. Ungenaue bzw. unangemessene Bezeichnungen häufen sich; das Wort »infilare« z.B. hat eine vielfache Bedeutung. Dazu kommen die üblichen Kraftausdrücke, die im Deutschen fast derber klingen als in dem in Italien von allen Schülerinnen und Schülern verwendeten Slang. Der manchmal unangenehme, gewollt hässliche Klang der Wörter kann als Ausdruck des Lebensekels gelten, der den jungen Lorenzo beherrscht. Das »parlar aspro«, das durch die Sprachreform Bembos aus der italienischen Literatur getilgt werden sollte, scheint auf Schleichwegen wieder zurückzukommen.

8 Ammaniti: »Nascondersi in cantina per imparare a diventare grandi«: Interview mit A. Gnoli, in: http://ricerca.repubblica.it/repubblica/archivio/repubblica/2010/10/26/niccolo-ammaniti-nascondersi-in-cantina-per-imparare.html (Zugriff am 25. April 2012).

9 Giulia Adamo, »I'm Not Scared ... I'm marketable« von Anthony Cristiano, in: BELPHÉGOR 15: *Littérature Populaire et Culture Médiatique* 5 (2005) Nr. 1.

7.

Ammaniti hat sich für dieses Buch explizit auf die »scrittura scarna e tagliente« der in französischer Sprache schreibenden ungarischen Autorin Ágota Kristóf (1935–2011) berufen.[10] Ihre Romantrilogie liest auch Lorenzo in seinem Versteck. In diesem Buch wird ebenfalls eine Geschwisterbeziehung geschildert; ein weiteres Beispiel für den Synkretismus der Imagination, der Ammanitis Arbeiten kennzeichnet.[11]

Einen konstanten Bezugspunkt bietet ihm hingegen das Werk von Stephen King, den er seit seiner Jugend bewundert und heute sogar als Schullektüre empfiehlt.[12] Neben der Visualisierung des Horrors ist vor allem die Rolle, die Kinder in Kings Romanen spielen, der Grund dafür. Wie den amerikanischen Autor faszinieren ihn ihre Möglichkeiten des Andersseins, des Noch-Nicht-Aufgehens in der vorgegebenen Welt. Deshalb führt uns Ammaniti in seinen Romanen und Erzählungen immer wieder in ›Hohlräume‹ der Wirklichkeit, wo seine Protagonisten ihr ›Reich‹ schützen bzw. verteidigen: In den Abwasserkanälen Delhis rottet sich der Held Marco Donati aus *Branchie* mit einer Gruppe von Straßenmusikern zusammen, um einem kriminellen Schönheitschirurgen den Kampf anzusagen. In der schummrigen ›Höhle‹ einer Megadiskothek scheinen sich in *Ti prendo e ti porto via* die Träume des alternden Playboys Graziano Biglia zu er-

10 Vgl. *archivio grazia* (Anm. 6).
11 In diesem Zusammenhang ist auch Emmanuel Carrères Roman *La classe de neige* (1995) erwähnenswert, der die Horror-Skiausfahrt eines halbwüchsigen Jungen zum Thema hat.
12 Vgl. *La Repubblica* vom 24. August 2010.

füllen. In dem Roman *Come Dio comanda* leben die Hauptgestalten in »Wohnhöhlen« vor den Toren der Großstadt. Und in dem Roman *Che la festa cominci* haben sich Anhänger eines anderen Systems, nämlich die sowjetischen Sportler des Olympiateams von 1956 in Rom, von ihrer Mannschaft abgesetzt und in den Höhlen der Villa Ada verkrochen. Ein großes Fest in diesem Park läuft aus dem Ruder, und die degenerierten Nachkommen dieser Sportler wanken aus ihren Höhlen heraus – ein von Ammaniti mit grellen Wortkaskaden gestaltetes, unvergessliches Schauspiel.

Die einzigen, die eine andere Wirklichkeit schaffen könnten, sind die noch nicht ganz von der Oberfläche der Welt Erfassten, die Kinder. Deren Potential hat Ammaniti auch als Romanautor immer wieder einfühlsam nachgespürt.

8.

Kinder und Jugendliche spielen auch in seinen großen Romanen wichtige Rollen. Pietro Moroni, der Junge in *Ti prendo e ti porto via*, scheitert in seinem Glücksanspruch noch tragisch an der Rohheit seiner Umwelt; Christiano Zena, der Sohn Rinos aus *Come Dio comanda*, bleibt wahrhaftig in der Liebe zu seinem verkommenen Vater.[13] Wenn die Jugendlichen Protagonisten sind, wird die Verständigung – auch sprachlich – realistisch. Das ist erstmals in dem Entwicklungsroman *Io non ho paura* der Fall. Die Sprache ist

13 Am Ende des Romans sagt er: »Mia madre è scappata e lui mi ha tirato su. Mio padre mi portava a pescare. Mio padre era un nazista ma era buono.«

hier stilistisch einfach, den Ausdrucksmöglichkeiten eines wenig gebildeten Schuljungen angepasst. Michele Amitrano, der Sohn des Entführers, trifft mit dem entführten Filippo in dessen Höhlenversteck zusammen. Zwischen den beiden Kindern entwickelt sich eine natürliche Solidarität, die schließlich zur Rettung des Jungen führt.

Diese Versöhnung erstreckt sich auch auf die Vater-Sohn-Beziehung. Der erbliche Antagonismus mündet unter diesem Vorzeichen in Verständnis und Verzeihen. Dazu werden auch christliche Symbole bemüht.[14]

Manchen ist diese Sichtweise zu sentimental. Auch in diesem Punkt sind die Stimmen der Kritiker zu Ammaniti gespalten.[15] Letztlich bleibt in seiner realistischen Darstellung der Jugendwelt vor allem der Wunsch nach Verstehen und Verstandenwerden hörbar. Dazu bemüht Ammaniti zwar auch eine große literarische Tradition,[16] aber als Biologe sucht er die menschliche Essenz vorrangig abseits von sozialen Standards, im kreatürlichen Miteinander.[17] Damit stellt er sich eher in die Tradition des italienischen *verismo* bzw. *neorealismo*. Seine jugendlichen Figuren

14 Vgl. dazu Daniela Picamus, »I comandamenti di Niccolò Ammaniti«, in: Tiziana Piras (Hrsg.), *Gli scrittori italiani e la Bibbia. Atti del convegno di Portogruaro*, 21–22 ottobre 2009, Trieste 2011, S. 211–230.

15 Vgl. dazu die Kontroverse zwischen den Literaturkritikern Angelo Guglielimi und Renato Barilli, in: http://archiviostorico.corriere.it/2007/luglio/08/Difendo_Ammaniti_non_paura_della_co_9_070708021.shtml (Zugriff am 25. April 2012).

16 In seiner Jugend hat er nicht nur Stephen King, sondern auch Dostojewski gelesen (vgl. *La Repubblica* vom 24. August 2010).

17 Niccolò Ammaniti, »Io e loro – come vivere con gli animali«, in: www.repubblica.it/spettacoli-e-cultura/2011/10/15/news/animali_ammaniti-23254294/ (Zugriff am 25. April 2012).

sind zunächst einmal ›Besiegte‹ des Lebens, die sich aber – in ihrer authentischen Ausdrucksweise – zumindest sprachlich Gehör verschaffen können. Pasolini hatte solche Jugendliche vom Stadtrand Roms noch als Märtyrer der Wohlstandsgesellschaft verherrlicht. Ammaniti will potentielle ›Loser‹ dagegen in die Mitte der Gesellschaft rücken, wahrhaftig in ihrer Sprache und dadurch errettbar.

Lorenzo steigt am Ende des Romans aus seiner Höhle heraus und wird, mit seinen Eltern offensichtlich versöhnt, zu einem Mann, der sein Leben selbst gestalten kann. Mit ihm hat ein Heranwachsender eine Stimme bekommen, die, erstmals in einem Adoleszenzroman seit J.D. Salingers *The Catcher in the Rye* (1951, dt. *Der Fänger im Roggen*), nicht nach Holden Caulfield, dessen jugendlichem Protagonisten, klingt.

Olivias Geschichte muss sich der Leser – wir sind ja doch in einem postmodernen, interaktiven Roman – selbst dazudenken.

Ammanitis nächstes Buch soll, so hat er angekündigt, eine weibliche Hauptfigur haben.

Dorothea Zeisel

Inhalt